人生如逆旅，幸好还有苏轼

为你读诗
主编

湘人彭二
著

符殊
绘

朱卫东
朗诵

湖南文艺出版社
HUNAN LITERATURE AND ART PUBLISHING HOUSE

博集天卷
CS-BOOKY

序

苏轼，以及
我们热爱的那个世界

1079 年，四川眉山人苏轼在开封的大牢里被监禁一百余天后，幸免一死，被贬往湖北黄州，这座城市现在名叫黄冈。

　　2020 年年初，湖北忽然成为许多人挂念的地方。对一些人来说，它是他乡，对另一些人来说，它却是"此心安处"的故乡。

　　故乡是地理意义上的，是孕育了"人之为人"的那些东西的地方。

　　故乡有时光明，有时黑暗。身处黑暗时，文化故乡会反哺我们，给我们温暖、力量、爱、仁慈、诗意……我们以此去重建我们的家园，弥合受伤的心灵。

　　湖北，也属于苏轼。

　　彼时的他穷困潦倒，精神高度紧张，他生怕自己的性命会被一只看不见的手夺走。在这举目无亲的荆楚之地，眼看青春逝去，他悲哀地写道：

空庖煮寒菜，破灶烧湿苇。
那知是寒食，但见乌衔纸。
君门深九重，坟墓在万里。
也拟哭途穷，死灰吹不起。[1]

然而，擅长逆境求生的苏轼并没有绝望。黄州，反而成为他一生中创作力最旺盛、生命质量最高的一个时期。

我们今天看到的《赤壁赋》《后赤壁赋》《记承天寺夜游》等精彩绝伦的文章，都出自这个时期。"东坡居士"的别号，也来自他作为一个农民在黄州东坡开荒种地的求生体验。

罗曼·罗兰说："世界上只有一种真正的英雄主义，那就是认清生活的真相后仍然爱它。"

苏轼就是如此。他总有一种力量，超越于逆境和悲

哀之上，把他乡变成故乡。经历近五年的生活，黄州早已成为他生命里的另一重"故乡"。

而苏轼，也是我们文化故乡的一部分。正如学者朱刚[2]所说："每一个中国人，若认真省视自己的精神世界，必会发现有不少甚为根本的东西是直接或间接地来自苏轼的，称他为中国人'灵魂的工程师'绝不过分。"

这便是写作《人生如逆旅，幸好还有苏轼》这本书的缘起。本书通过八个篇章，从故乡、亲情、赏花、友情、谈吃、家风、品茶、生死这八个侧面，感受这位古人流芳百世的诗意魅力和思想力量。

苏轼一辈子漂泊，离故乡越来越远。纵观他一生的轨迹，他从四川眉山小城里出来，来到当时的北宋都城开封，开始了官宦生涯。紧接着在杭州、密州[3]、徐州、湖州、黄州、惠州、儋州等地辗转，足迹遍布大江南北。他对他乡生活不适应，但他更有把他乡化为故乡的强大能量。因此，第一章为大家带来"故乡：此心安处——苏轼的他乡和'吾乡'"。

如今，尤其在危难关头，我们也常耳闻目睹许多家人互相支持、感人肺腑的事情——事实上，人伦之美一直是中华文化的精髓。苏轼和弟弟苏辙[4]，也是如此。他们患难与共，一起走过艰苦的岁月。今人在读到苏轼和弟弟互寄的诗文时，也常常被打动。因此，第二章主要探讨"亲情"，看看身为哥哥的苏轼，有着怎样温厚的一面。

　　在故乡与亲情之外，还有爱情。爱与花，也常常联系在一起。宋代人爱花，甚至掀起全民簪花的时尚风潮，苏轼也不例外。不过，他对各种花的喜爱程度是不一样的，他在心中给不同的花排上了顺序。所以，第三章用来介绍宋人苏轼的"花序"，表现他的爱情观和美学思想。

　　既然有了亲情和爱情，当然也少不了友情。若论交友，苏轼一定不输任何人。他因大爱收获了许多朋友，许多"敌人"也与他化敌为友。在今天这个时代，人之所以孤独，往往是因为没有爱，或者缺乏给予爱的能力。而苏轼，给予的爱多，得到的爱和尊敬也很多。在第四章中，我

簪花

们都来做苏轼的朋友，成为承天寺夜游里的张怀民[5]。

　　一个人的魅力，还体现在他的"烟火气"上。苏轼作为吃货，绝对当仁不让。今天的时代，食物越多，人们越不知道吃什么，越没有饮食的乐趣。为什么苏轼能吃得那么津津有味，那么让人眼馋心痒呢？事实上，善吃需要一种敏锐的感受力。在第五章，主要来说一说吃货苏轼的那些事。

　　苏轼的童年也值得一谈。谁在守护苏轼的童年？苏轼是天才，还是由家庭教育、后天努力所造就的？在今天，还会不会诞生第二个苏轼？

　　苏轼从小受母亲教导，不伤害小动物。他还写过："为鼠常留饭，怜蛾不点灯。"[6] 在苏轼成百上千的传世诗词之中，这句诗毫不起眼，却展示出苏轼的慈悲力量。第六章来聊一聊苏轼的家风。

　　宋代人的生活，尤其是文人雅士的，喝茶必定是绕不开的话题。宋词中，茶的主题也频频出现。我们都记得苏轼的那句词："且将新火试新茶。诗酒趁年华。"[7] 苏轼是宋代著名文人，聊到苏轼，怎么能不谈一谈"茶"

茶磨

呢？第七章，就让我们走入风雅，用一碗清水煎红尘。

当然，一切生命都逃不开生死。死亡，是每个人都无法回避的终极问题。如何面对它，就成了几千年来许多古圣先贤永恒的话题。孔门弟子子夏说，死生有命；老子说，生生之厚；庄子鼓盆而歌；孟子舍生取义。而苏轼，也怕死。他曾经渴望成仙，也迷过养生之道、长寿之法。但他在人生浮沉里，最终摒弃了成仙的渴望，选择拥抱无常和有限。最后一章用以展现苏轼的生死观。

苏轼是一个真人，一个善良的人，一个爱美的人，是真善美的结合。我们在赏花、享用美食和吃茶间，探讨苏轼作为生活家的美学观；又在故乡、交友、家风里感受他的人伦观。作为人，他是凡尘仙；作为仙，他又是天上人。正是苏轼在各方面优异的表现，使得他能够跨越近千年的时空，在这个全球化的时代，为今天的我们继续提供反思的源泉和无穷的意义，丰富和充盈我们的生命。

在艰难的年代，诗人何为？让我们和苏轼一起，回到中国人的"文化之乡"。

当一筹莫展之茫然

所如

飞

—

采欢轩

1."空庖煮寒菜，破灶烧湿苇。那知是寒食，但见乌衔纸。君门深九重，坟墓在万里。也拟哭途穷，死灰吹不起。"出自《寒食雨二首（其二）》。全诗及白话译文如下：

寒食雨二首（其二）

苏轼

春江欲入户，雨势来不已。

小屋如渔舟，濛濛水云里。

空庖煮寒菜，破灶烧湿苇。

那知是寒食，但见乌衔纸。

君门深九重，坟墓在万里。

也拟哭途穷，死灰吹不起。

春江暴涨，好像要冲进门户里；雨势凶猛，不见水云穷尽的迹象。

我的小屋犹如一条渔船，笼罩在蒙蒙烟雨中。

空空的厨房里正煮着蔬菜，潮湿的芦苇在破旧的灶台下燃烧。

没留意这一天是寒食节，直到看见乌鸦衔来烧剩的纸钱。

天子的宫门多达九重，难以归去；祖上的坟茔遥隔万里，无法吊祭。

我只想学阮籍，遇到路的尽头就痛哭；心如死灰，无法重新燃起。

2. 朱刚，学者，复旦大学中文系教授，博士生导师，著有《苏轼评传》（合著）、《苏轼诗词文选评》（合著）、《唐宋"古文运动"与士大夫文学》等学术著作。

3. 密州，今诸城，山东省潍坊市县级市，因传说舜帝出生于城北的诸冯村而得名，又称龙城。

4. 苏辙（1039—1112），北宋官员、文学家，"唐宋八大家"之一，眉州眉山（今属四川）人。字子由，一字同叔，晚号颍滨遗老，著有《栾城集》《诗集传》《龙川略志》等。

5. 张怀民（生卒年不详），北宋官员，字梦得，一字偓佺。1083 年（宋神宗元丰六年）被贬黄州，初时寓居承天寺（此寺位于黄州，已毁，非今福建泉州承天寺，亦非近代被日军所毁的号称"荆南第一禅林"的荆州承天寺）。

6. "为鼠常留饭，怜蛾不点灯。"出自《次韵定慧钦长老见寄八首（其一）》。1095 年（宋哲宗绍圣二年），苏轼被贬在惠州。苏州定慧禅院的住持守钦长老，让徒弟卓契顺千里迢迢到惠州探望苏轼，还捎去所作的《拟寒山十颂》。苏轼读了守钦长老的诗作后，赞不绝口，认为他没有贾岛和无可二人刻意为诗的寒意，而能够通达僧璨和弘忍两位高僧的禅心，一时兴起，和了八首回赠。《次韵定慧钦长老见寄八首（其一）》全诗及白话译文如下：

次韵定慧钦长老见寄八首（其一）

苏轼

左角看破楚，南柯闻长滕。

钩帘归乳燕，穴纸出痴蝇。

为鼠常留饭，怜蛾不点灯。

崎岖真可笑，我是小乘僧。

刘邦的破楚大业不过是蜗角相争，滕文公治国有方不过是南柯之梦。

钩着窗帘，为了让乳燕能归来；看到不慎撞在窗户上的苍蝇，打开窗户让它出去。

给老鼠时常留点饭菜，让它别饿着；夜里不点灯，怕飞蛾扑火而无端死亡。

如此大费周折行善真是可笑，我不过是修小乘佛法的僧人罢了。

7．"且将新火试新茶。诗酒趁年华。"出自《望

江南·超然台作》。1074年（宋神宗熙宁七年）秋，苏轼由杭州调任密州。次年，他命人修葺城北旧台，并由苏辙题名"超然"，取《老子》"虽有荣观，燕处超然"之义。1076年暮春，苏轼登超然台，放眼烟雨春色，触景生情，写此佳作。全词及白话译文如下：

望江南·超然台作

苏轼

春未老，风细柳斜斜。试上超然台上望，半壕春水一城花。烟雨暗千家。

寒食后，酒醒却咨嗟。休对故人思故国，且将新火试新茶。诗酒趁年华。

春天还未离去，微风拂动柳枝，斜斜起舞。登超然台举目远眺，护城河里的半池春水荡漾着绿色，城内则是百花怒放。家家的房顶沐浴在烟雨中。

寒食节过后，酒醒了反倒因思乡而感叹。别在老朋友面前思念故乡了，还是点火烹煮新采的茶尝尝吧。作诗饮酒都要趁着年华尚好。

读诗

为你

THE POEM FOR YOU

目录

读为你
诗你

THE POEM FOR YOU

第一章

故乡：此心安处——

苏轼的他乡和『吾乡』

故乡之于我们，是亲人，是方言，是食物，是街巷，是山川河流，是寒来暑往；是熟悉感、安全感、归属感和认同感；是少年离家时道过的再见，是人生迟暮时落叶归根的大地。

　　古人安土重迁，父母在，不远游。每逢临别时，执手相看泪眼。"此地一为别，孤蓬万里征。"[1] 对如今的我们来说，四海为家早已不稀奇。许多人从十八岁离开故乡读书开始，工作、恋爱、成家，在别的城市安家落户。我们对他乡的了解甚至远远超过故乡。

　　那么在当下，当辗转不定成为人生常态，故乡之于我们，又是什么呢？我们又该如何面对他乡与故乡的关系呢？

　　别急，先来听一个故事。

香
囊

1086 年，苏轼与好友王巩[2]久别重逢。王巩曾被贬谪到广西宾州待了好几年，处境艰苦。被贬时，他的一个叫柔奴[3]的歌姬也毅然随行。如今北归，老朋友相见分外高兴，柔奴为他们表演歌舞助兴。

苏轼问柔奴："岭南的日子，应该过得不好吧？"

柔奴回答："此心安处，便是吾乡。"

一个看似弱不禁风的女子，说出这么有智慧且充满力量的话，这打动了苏轼。他填了一首词送给柔奴，也就是我们非常熟悉的《定风波·南海归赠王定国侍人寓娘》[4]：

常羡人间琢玉郎，天教分付点酥娘。自作清歌传皓齿，风起，雪飞炎海变清凉。

万里归来年愈少，微笑，笑时犹带岭梅香。试问岭南应不好？却道，此心安处是吾乡。

苏轼说的"此心安处"，也就是我们所热爱的那个世界。苏轼漂泊一辈子，他情感的故乡既在他的出生地，又超越了出生地，他走到了没有任何边界的更广阔的地方。

苏轼一生都热爱故乡四川眉山，这是生养他的膏腴之地。到凤翔为官时，他看到当地山色少绿，尘土飞扬，非常怀念故乡的山水。他还喜欢海棠。在宋朝，四川盛产海棠。被贬湖北黄州时，苏轼曾在定惠院之东意外发现了一株盛开的海棠，于是这位大诗人感动得流下泪水，想抚摸它，又不敢触碰，因他把这株他乡海棠看作故乡的亲人，怕花朵像雪花一样飘落。

对故乡的爱，也融合在苏轼对家族、父母和妻子的爱里。苏轼的第一任妻子王弗是眉州人，十六岁嫁给他，去世时年仅二十七岁。苏轼把她的灵柩运回眉山，葬在自己父母的身边。十年后，在密州任职时，他梦见妻子，梦见眉山温馨的家，于是写下了动人心魄的《江城子·乙卯正月二十日夜记梦》[5]：

十年生死两茫茫。不思量，自难忘。千里孤坟，无处话凄凉。纵使相逢应不识，尘满面，鬓如霜。

海棠

夜来幽梦忽还乡，小轩窗，正梳妆。相顾无言，惟有泪千行。料得年年肠断处：明月夜，短松冈。

这么真挚的感情，不因时空和死亡而被阻隔。送王弗灵柩回去以后，苏轼再也没有回到故乡去，一直到六十六岁生命完结。他再也没有机会走在故乡碧绿的蜀江边，踏上眉山的石板路，回到熟悉的家园，敲开童年的大门。

苏轼面临两难：他一方面想自由地思考，自由地生活；另一方面又不得不参加科举从政。他离开故乡，经历宦海的沉浮，这几乎是每一个有理想的士大夫唯一的选择。苏轼对自己的期待很大，"有笔头千字，胸中万卷，致君尧舜，此事何难"[6]。他的确才华横溢，是不可多得的人才。但后来的事实证明，要实现梦想太难了。苏轼天性率直，易真情流露，以这样的性格在一个虚伪的官僚社会里是很难生存的，这也注定了他后来的悲剧。

有时候被贬，有时候是工作调动，苏轼频繁迁徙，从一个城市到另一个城市，开封、凤翔、杭州、密州、徐州、

湖州、黄州、登州、颍州、扬州、定州、惠州、儋州、常州……每个地方多则几年，少则几月，苏轼的足迹遍布大江南北。

但奇妙的是，苏轼一生漂泊，却能随遇而安。他像一颗生命力顽强的种子，在任何地方都能扎下根来，伸展开自己的枝叶，开出美丽的花朵，结出丰硕的果实。

初到杭州上任，苏轼就觉得似乎前生来过。在杭州，他找到像故乡一样熟悉的东西。他在《和张子野见寄三绝句·过旧游》[7]一诗中写：

前生我已到杭州，到处长如到旧游。
更欲洞霄为隐吏，一庵闲地且相留。

在杭州，苏轼也发现了比故乡更好的东西，他在《六月二十七日望湖楼醉书五首（其五）》[8]中写道：

未成小隐聊中隐，可得长闲胜暂闲。
我本无家更安往，故乡无此好湖山。

凤冠

在杭州当通判的三年，小儿子苏过[9]出生了。而与苏轼患难与共的爱妾王朝云[10]，本是杭州的歌伎，也是在这个时候成为苏轼的人生伴侣。

西湖的美使苏轼沉醉，但他不得不走，因为身不由己。兜兜转转，他又回到杭州当知州，疏浚西湖，为百姓谋福利。有人说，没有苏轼，杭州会失去一半的精魂。话虽有些夸张，但恰恰体现了这位四川诗人对"他乡"杭州的热爱。

而苏轼的这种故乡情结，也帮助他走出了一个又一个人生困境。

被贬黄州，是苏轼生命里最痛苦的经历。因为对朝廷新政和王安石变法有不同意见，他被打压、逮捕，差点因之死去。刚到黄州的苏轼，已经四十五岁了。虽然捡得一条性命，但政治生命恐怕到头了。这对想在仕途上一展抱负的苏轼来说，无疑是灾难性的。

在黄州时，苏轼的生活也成问题。没有地方住，暂住在一处寺庙里。但苏轼仍不能忘怀百姓。有一次听说民间流行溺婴的恶俗，当地父母养不起孩子，把刚生下来的婴儿尤其是女婴，按住浸在水里淹死。苏轼难过得几天吃不下饭，他写信给鄂州知州朱寿昌[11]，希望政府能禁止这个陋俗。

同时，苏轼忙碌奔波，与朋友组织了一个民间慈善团体"育儿会"，向本地富户募捐，每户每年出钱十千，买米买物，访问贫家，给予实际的救济，免除他们养不起孩子的后顾之忧。苏轼自己虽然囊中羞涩，也带头认捐了十千。在苏轼等人的努力下，当地溺婴的风俗慢慢改变。

后来，苏轼要离开黄州了，黄州的百姓、朋友都来送行。苏轼感动万分，临行时写下一首《满庭芳·归去来兮》[12]：

归去来兮，吾归何处？万里家在岷峨。百年强半，来日苦无多。坐见黄州再闰，儿童尽、楚语吴歌。山中友，鸡豚社酒，相劝老东坡。

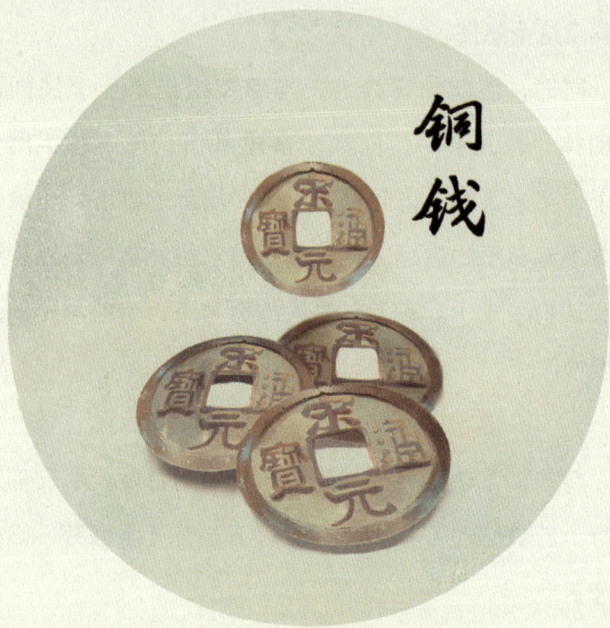

铜钱

云何？当此去，人生底事，来往如梭！待闲看秋风，洛水清波。好在堂前细柳，应念我、莫剪柔柯。仍传语，江南父老，时与晒渔蓑。

苏轼仍然想念着万里之外的眉山老家，但眼前的黄州也是他住过多年的地方。他的新宅在这里建成，他的孩子在这里成长，就连说话都带上了黄州的口音。为官一方，黄州的父老乡亲十分喜欢这位被贬谪而来的团练副使 [13]，这几年的相处中，他们把他当成亲人。临行前，黄州人带着酒食，前来挽留苏轼。

皇命在身，苏轼不得不走，但苏轼用他的爱，赢得了黄州人的尊敬。也因此，黄州人把苏轼看作一位"我们"的诗人。

新冠疫情的暴发，以武汉乃至湖北最为严重。那些远方的人都在为武汉加油，为湖北加油。来自世界各地的防疫物资源源不断地被送往湖北，在一批日本捐赠的口罩包装箱上贴着温暖的汉字："山川异域，风月同天。" [14] 在这个时候，在很多人眼里，那是"我们的湖北，我们

的武汉"。

作为一个人，如果认可自己属于人类这个集合，他会跨越国家、种族、地区，带着更多的同情和爱去拥抱和帮助苦难中的人。而如果我们有意识地去成为每一个人，我们就会多出无数故乡，在人生旅途中，我们将不再流浪。

苏轼人生最后一次被贬，是去海南的儋州。

辗转到儋州的苏轼已经六十二岁，是一个名副其实的老人了。当时的海南山高水远，物产匮乏，"此间食无肉，病无药，居无室，出无友，冬无炭，夏无寒泉"。苏轼觉得自己大概会埋骨于此。

刚到儋州，地方长官同情苏轼，让他暂住在官舍里。谁料，苏轼的政敌知道这事后大发雷霆，不仅惩罚了地方长官，还把苏轼赶出官舍。

无处可去的苏轼，就和儿子苏过住在一片桃椰林里。此时的他仍然自得其乐、超然物外，在一封写给朋友的信里说道："尚有此身，付与造物者，听其运转。流行坎止，无不可者，故人知之免忧。"他将生命比作一条长河，随缘委命，随遇而安。

怀着这种以顺处逆的达观心态，苏轼又开始盖房子。在朋友的帮助下，他在桄榔林里盖了五间茅屋，命名为桄榔庵，他还开垦了一个菜园，挖了粪坑，修了水渠。恰如他在《和陶西田获早稻》一诗中所说："人间无正味，美好出艰难。"[15]

就这样，凭借逆境求生的惊人毅力，苏轼带头劝学、劝农，让海南人不要迷信巫术，减少屠牛现象，将牛抢救下来耕地务农。苏轼还以年老之力，带头挖水井，让当地人喝上卫生的饮用水。如今，苏轼留下的一些水井仍在发挥着作用。

苏轼还兴办学校，给当地居民讲学，传播中原文化。办学的消息一经传出，就吸引了很多慕名而来的学子。其中，海南历史上第一位举人姜唐佐[16]，海南第一位进士符确[17]，都是苏轼的得意门生。从此，海南逐渐形成了学习中原先进文化的风气。

苏轼和当地的黎族人民打成一片，再次完全融入了他乡海南的乡村生活。在《被酒独行遍至子云威徽先觉

四黎之舍三首》[18] 中，他这样描述：

> 半醒半醉问诸黎，竹刺藤梢步步迷。
> 但寻牛矢觅归路，家在牛栏西复西。

> 总角黎家三小童，口吹葱叶送迎翁。
> 莫作天涯万里意，溪边自有舞雩风。

访友归来，酒意未醒，苏轼想回家，却不认识路，只好沿着有牛粪的路走，因为知道自己的家就在牛栏的西边。苏轼说："不要感到自己是浪迹天涯、身行万里的旅客，小溪的边上也可以乘风纳凉，就好像孔子的弟子曾点，在舞雩[19] 台上迎风乘凉，然后唱着歌回家一样。"

苏轼没有什么可以被剥夺的了。每一条路都通往故乡，每一条路都是苏轼的回家路。

1100 年，苏轼得遇大赦，得以北归。1101 年 8 月 24 日（农历七月二十八），他在常州平静地死去。

为你
读诗
THE POEM FOR YOU

此心安處是吾鄉

采欢轩

　　1. "此地一为别，孤蓬万里征"出自唐朝李白的诗作《送友人》。李白（701—762），唐代伟大的浪漫主义诗人，字太白，号青莲居士，又号"谪仙人"，被后人誉为"诗仙"，著有《将进酒》《蜀道难》《梦游天姥吟留别》等。《送友人》全诗及白话译文如下：

送友人

李白

青山横北郭，白水绕东城。

此地一为别，孤蓬万里征。

浮云游子意，落日故人情。

挥手自兹去，萧萧班马鸣。

　　青翠的山峦横卧在城郭的北面，波光粼粼的河水围绕着送别的东城。

我们在此地道别，你就像蓬草随风远去，踏上万里征途。

我今后看见天上的浮云就会想起你这游子，你看到落日当会想起与故人我的情谊。

频频挥手，自此作别，连鞍下的马儿也为我们发出阵阵悲鸣。

2.王巩（约1048—约1117），字定国，北宋官员，擅长书法、绘画、诗词。1079年，苏轼因为"乌台诗案"被贬黄州，王巩也受到牵连，于同年被贬谪至宾州（今广西南宁宾阳）。这使苏轼很内疚，但王巩并没有怪罪他。苏轼大受感动，在《王定国诗集叙》中说："今定国以余故得罪，贬海上五年，一子死贬所，一子死于家，定国亦病几死。余意其怨我甚，不敢以书相闻……孔子曰：'不怨天，不尤人。'定国且不我怨，而肯怨天乎！余然后废卷而叹，自恨期人之浅也。"

3.柔奴，别名寓娘，是王巩的侍妾。

4.《定风波·南海归赠王定国侍人寓娘》词前有小序：王定国歌儿曰柔奴，姓宇文氏，眉目娟丽，善应对，家世住京师。定国南迁归，余问柔："广南风土应是不好？"柔对曰："此心安处，便是吾乡。"因为缀词云。

全词及白话译文如下：

定风波·南海归赠王定国侍人寓娘

苏轼

常羡人间琢玉郎，天教分付点酥娘。自作清歌传皓齿，风起，雪飞炎海变清凉。

万里归来年愈少，微笑，笑时犹带岭梅香。试问岭南应不好？却道，此心安处是吾乡。

经常羡慕人世间如玉般丰神俊朗的男子，就连上天也垂爱他，使柔美聪慧的佳人与之相伴。人人称赞那佳人才华横溢，能作曲亦能歌唱，那歌声从她芳洁的口中传出，风起时，如雪片飞过炎日，使世界变得清凉。

你从遥远的蛮荒之地归来，看起来却更显年轻。你微微一笑，笑容里犹带着岭南梅花的清香。我问你："岭南的风土怕不是很好吧？"你却坦然答道："内心安定的地方，便是我的故乡。"

5.《江城子·乙卯正月二十日夜记梦》全词及白话译文如下：

江城子·乙卯正月二十日夜记梦

苏轼

十年生死两茫茫。不思量，自难忘。千里孤坟，无处话凄凉。纵使相逢应不识，尘满面，鬓如霜。

夜来幽梦忽还乡，小轩窗，正梳妆。相顾无言，惟有泪千行。料得年年肠断处：明月夜，短松冈。

我们一生一死，已离别十年。纵然不去想念，却终究难以忘怀。千里之外，远在家乡的那座孤坟啊，到处漂泊的我无处可以诉说内心的凄凉。纵然你我现在相逢，恐怕你也认不出我，因为我早已是满面灰尘，两鬓如霜。

夜里，我又迷迷糊糊梦到自己回到了家乡，你正好坐在窗前梳妆打扮。你我相对却默默无言，只是泪落千

行。我想那明月正照耀的长着矮小松树的坟墓里，你也定是因为思念我而痛断了柔肠。

6."有笔头千字，胸中万卷，致君尧舜，此事何难"出自《沁园春·赴密州早行马上寄子由》。这首词作于1074年。苏轼和弟弟苏辙兄弟情深，任杭州通判期间，他非常想念在山东济南为官的弟弟。为离弟弟近一些，他向朝廷请求到离济南较近的密州任职，得到准许改任密州知州。这首词便作于苏轼由杭州移守密州早行途中。全词及白话译文如下：

沁园春·赴密州早行马上寄子由

苏轼

孤馆灯青，野店鸡号，旅枕梦残。渐月华收练，晨霜耿耿，云山摛锦，朝露漙漙。世路无穷，劳生有限，似此区区长鲜欢。微吟罢，凭征鞍无语，往事千端。

当时共客长安。似二陆初来俱少年。有笔头千字，胸中万卷，致君尧舜，此事何难。用舍由时，行藏在我，袖手何妨闲处看。身长健，但优游卒岁，且斗尊前。

孤寂的旅舍灯光清冷，村外荒野里，鸡鸣不已，惊扰了旅人的残梦。晓月渐渐淡去了白绢似的皎洁，晨光熹微中，晨霜一片晶莹。云雾笼罩山峦，色彩斑斓，仿佛展开的锦缎。朝露点点，与晨光交相辉映。人世间的行程没个尽头，有限的是这劳顿的人生，似我这般，难得有欢愉的心境。我独自低吟，征鞍上，悄无声息，许多往事涌上心头。

当年我们风华正茂，同时客居京城，如同陆机、陆云兄弟，他们初到京城也是那么年轻。下笔千言在手，万卷诗书在胸，自以为辅佐圣上成为尧舜，这等功业指日可待。其实重用与否在于时势，入世出世应由自己权衡。不妨闲处袖手，笑看风云。所幸你我身体都还健康，可以在悠闲游乐中度过余生，在酒杯里寻醉，慰藉心灵。

7.《和张子野见寄三绝句·过旧游》全诗及白话译文如下：

和张子野见寄三绝句·过旧游

苏轼

前生我已到杭州，到处长如到旧游。

更欲洞霄为隐吏，一庵闲地且相留。

我在前世就来过杭州，所以这次来，我有故地重游之感。

我还想归隐洞霄宫，在这一庵闲地里多多停留。

8.《六月二十七日望湖楼醉书五首（其五）》全诗及白话译文如下：

六月二十七日望湖楼醉书五首（其五）

苏轼

未成小隐聊中隐，可得长闲胜暂闲。

我本无家更安往，故乡无此好湖山。

不能隐居山林，那就暂且做个闲官吧。这样尚可得到长时间的悠闲，胜过暂时的休闲。

我本来就没有家，不安身在这里又能到哪里去呢？

何况就算是故乡，也没有像这里一般优美的湖光山色。

9.苏过（1072—1123），字叔党，号斜川居士，苏轼第三子。苏过长期随侍苏轼，时与唱和，受其父影响最大。在其兄弟三人中，文学成就最高，人称"小坡"。他著有《斜川集》二十卷，还常作画，绘枯木竹石图，时人称他"时出新意作山水"。苏过受父亲《和陶诗》的影响，非常仰慕陶渊明，故号斜川居士，以明其志。他在《小斜川诗序》中写道："予近卜筑城西鸭陂之西，依层城，绕流水，结茅而居之，名曰小斜川。偶读渊明……畸穷既略相似，而晚景所得略同，所乏者高世之名耳。感叹兹事，取其诗和之。"

10.王朝云（1062—1096），杭州人，苏轼的红颜知己和侍妾。她跟随东坡达二十三年之久。1096年，惠州当地有瘟疫流行，朝云不幸染疫去世，葬于惠州栖禅寺东南。苏轼作《惠州荐朝云疏》追忆朝云，他在该疏中写道："轼以罪责，迁于炎荒。有侍妾王朝云，一生辛勤，万里随从。遭时之疫，遘病而亡。念其忍死之

言，欲托栖禅之下。故营幽室，以掩微躯。方负浣渎精蓝之愆，又虞惊触神祇之罪。而既葬三日，风雨之余，灵迹五踪，道路皆见。是知佛慈之广大，不择众生之细微。敢荐丹诚，躬修法会。伏愿山中一草一木，皆被佛光；今夜少香少花，遍周法界。湖山安吉，坟墓永坚。接引亡魂，早生净土。不论幽显，凡在见闻，俱证无上之菩提，永脱三界之火宅。"

11. 朱寿昌，字康叔，北宋扬州天长（今安徽天长）人。古代"二十四孝"人物之一。《宋史·朱寿昌传》里说："寿昌勇于义，周人之急无所爱，嫁兄弟两孤女，葬其不能葬者十余丧，天性如此。"朱寿昌曾在鄂州为知州，清正爱民。苏轼贬居黄州期间，与朱寿昌书信往来甚密，成为至交。

12.《满庭芳·归去来兮》全词及白话译文如下：

满庭芳·归去来兮

苏轼

元丰七年四月一日，余将去黄移汝，留别雪堂邻里二三君子。会李仲览自江东来别，遂书以遗之。

归去来兮，吾归何处？万里家在岷峨。百年强半，来日苦无多。坐见黄州再闰，儿童尽、楚语吴歌。山中友，鸡豚社酒，相劝老东坡。

云何？当此去，人生底事，来往如梭！待闲看秋风，洛水清波。好在堂前细柳，应念我、莫剪柔柯。仍传语，江南父老，时与晒渔蓑。

宋神宗元丰七年（1084 年）四月一日，我即将离开黄州、改任汝州之际，告别了雪堂的两三友邻，与江东来的好友李仲览见了面，写了此文留作纪念。

归去啊，归去，我的归宿在哪里？我的家乡在万里之外的岷峨。我年近五十，百年将过半，剩下的日子也已不多。过去几年，两个闰年都在黄州度过。膝下的孩子，也满口是吴楚方言。山中热情的朋友都在社日这天摆上佳肴美酒，纷纷劝我留下，终老于黄州的东坡。

面对友人的情谊，我还有什么可说的呢？为什么人生一世，要辗转奔波，往来如梭？我要去悠闲地欣赏洛

水，感受那里清凉的秋风、明净的碧波。雪堂前的柳树还小，请为我细心看护，不要让人随意攀折。再转告我江南的父老乡亲，要记得时时替我晾晒打鱼穿的渔蓑。

13.团练副使：官名，唐朝始置，为团练使副职。五代沿置，后周世宗显德五年（958年），定为准从六品。宋朝常用以安置贬降官员。

14."山川异域，风月同天" 出自盛唐时期日本长屋亲王写的一首汉诗《绣袈裟衣缘》，被《全唐诗》收录。长屋亲王曾在赠送大唐的千件袈裟上，绣上十六字偈语："山川异域，风月同天。寄诸佛子，共结来缘。"据说鉴真大师看后，大受感动，由此六次东渡日本，历经劫难，弘扬佛法，终不言悔，谱写了中日关系感人的一幕。全诗及白话译文如下：

绣袈裟衣缘
长屋
山川异域，风月同天。

寄诸佛子,共结来缘。

不同的国家和地区,拥有不同的山川河流风光。然而,我们生活在共同的天空之下,即便相距万里,不同国度的人,也可以共享共见。

让我们共修佛法,结来世善缘。

15."人间无正味,美好出艰难"出自《和陶西田获早稻》,全诗及白话译文如下:

和陶西田获早稻

苏轼

蓬头三獠奴,谁谓愿且端。

晨兴洒扫罢,饱食不自安。

愿治此圃畦,少资主游观。

昼功不自觉,夜气乃潜还。

早韭欲争春,晚菘先破寒。

人间无正味,美好出艰难。

早知农圃乐,岂有非意干。

尚恨不持锄，未免骍我颜。

此心苟未降，何适不间关。

休去复歇去，菜食何所叹。

　　我那三个蓬头散发的黎族土著仆人，谁说他们懒散虚伪呢？他们一早就把家打扫得干干净净，吃饱了没有活干还不安心。

　　他们愿意帮助我打理园圃和田地，让我有游览观赏的地方。

　　劳动虽然辛苦，可是并不感觉劳累。白天劳动，不知不觉，夜晚就来了。

　　韭菜争着向春天报到，晚秋的大白菜也从寒冷的地里长出。

　　在人世间没有所谓最纯正的味道，所有的美好都是从艰难的生活里孕育而来。

　　早知道这田园生活有这么多快乐，我就不会走上仕途。

　　直到现在我还没有真正地回归田园，拿着锄头去做一个农夫，我感到脸红和羞愧。

只要一个人保持高尚的心灵，不降低它，到哪里，干什么，又有什么关系呢？

不去就不去，歇息就歇息，对粗茶淡饭没有什么好叹息的。

16. 姜唐佐（生卒年不详），字君弼，海南琼山人，宋朝文学家，海南历史上第一位举人。宋哲宗元符二年（1099 年）九月至次年三月从学于苏轼。苏轼"甚重其才"，赞扬他的文章"文气雄伟磊落，倏忽变化"，言行"气和而言道，有中州人士之风"。姜唐佐未曾进士及第，但他的中举对海南来说也意义非凡，历代琼州人氏均将他作为东坡遗泽、开一代文风的榜样。

17. 符确（生卒年不详），海南历史上第一位进士，填补了自隋朝科考以来海南无进士的空白。苏轼被贬海南儋州期间，符确拜他为师。

18.《被酒独行遍至子云威徽先觉四黎之舍三首》（选二）正文及白话译文如下：

被酒独行遍至子云威徽先觉四黎之舍三首（其一）

苏轼

半醒半醉问诸黎，竹刺藤梢步步迷。

但寻牛矢觅归路，家在牛栏西复西。

半醉半醒间去访问黎族的朋友，归去时误入竹刺藤梢，迷失了方向。沿着有牛粪的路走，因为我记得自己的家是在牛栏的西面。

被酒独行遍至子云威徽先觉四黎之舍三首（其二）

苏轼

总角黎家三小童，口吹葱叶送迎翁。

莫作天涯万里意，溪边自有舞雩风。

三四个扎着小辫的黎族儿童，口中吹着葱叶，迎送着我这个略带醉意的老翁。不必对万里贬谪生涯过于在意，小溪的边上也可以乘风纳凉，就像曾点在舞雩台上做过的那样。

19. 舞雩：古代祭天求雨的场所（因祭天时有乐舞，故名）。《论语·先进》记载，孔子和诸弟子聊天，当谈到自己的理想时，子路、冉有、公西华表述的都是如何安邦定国的外在事功，而曾点则说："暮春者，春服既成，冠者五六人，童子六七人，浴乎沂，风乎舞雩，咏而归。"他想在暮春时节，同几位朋友和几位少年一起，在沂水沐浴，到舞雩台上迎风乘凉，然后唱着歌回去。这便是他理想的生活。曾点这种人生志向得到了孔子的赞许。

读為
詩你
THE POEM FOR YOU

第二章

亲情：我有一个哥哥叫苏轼

你有没有一个最亲爱的人？他不厌倦你情绪的起伏波动，不在乎你的金钱、权力、地位。你悲观怯懦时，会想到他；高兴愉快时，会想到他；死亡来临时，也会想到他。你有没有一个这样的人？如果你说，有的。那么，我想告诉你："你是幸福的。"

　　苏轼是幸福的，他有一个最亲爱的人——他的弟弟苏辙。苏辙字子由，翻看苏轼的诗集，出现频率很高的词中，有一个就是"子由"。苏轼每到一个地方任职，几乎都会写信或寄诗给弟弟，晚年被贬谪时更甚，而子由也常写信给哥哥。

　　苏轼在陕西凤翔任职，独自一人去普门寺游玩，游

毛笔

览虽好，却感到孤独，于是他写诗《壬寅重九不预会独游普门寺僧阁有怀子由》[1]给弟弟：

> 花开酒美盍不归，来看南山冷翠微。
> 忆弟泪如云不散，望乡心与雁南飞。
> 明年纵健人应老，昨日追欢意正违。
> 不问秋风强吹帽，秦人不笑楚人讥。

苏轼被贬至广东惠州时，曾经处境艰难，却意外发现那里的羊脊骨很美味，于是又写信给弟弟，和他分享自己的喜悦。信中写道：

> 惠州市井寥落，然犹日杀一羊，不敢与仕者争买，时嘱屠者买其脊骨耳。骨间亦有微肉，熟煮热漉出，不乘热出，则抱水不干。渍酒中，点薄盐炙微炼食之。终日抉剔，得铢两于肯綮之间，意甚喜之。如食蟹螯，率数日辄一食，甚觉有补……

在信末，苏轼还不忘幽默地提醒弟弟，自己吃羊脊骨的方法，他不妨也试试。只是这样一来，等着吃骨头的狗会很不开心。

在别人眼里，更多的是一个单面的苏轼。要么乐观、旷达，给人以愉悦和启发；要么亲切、平易，让接触到他的人如沐春风。而苏轼的疾恶如仇，又使人感到他身上满满的正义感。

只有弟弟苏辙知道，还有一个最无助、最绝望的苏轼，在黑暗里瑟瑟发抖，渴望理解和抚慰。然而偏偏是那一部分，他无法对别人言说，即使说了，也无人能理解和安抚。

1079 年，"乌台诗案"[2] 爆发，苏轼被捕入狱。这是他百年之前最靠近死亡的一次。在开封的大牢里，苏轼受到肆意凌辱，又遭到残酷审问。长夜漫漫，苏轼怕有一天扛不下去，为了不连累他人，他把一些青金丹埋

在地下，要是将来有一天再无生路，一次服下，足可以
自杀。

但苏轼仍有牵挂。他写了一首诗给弟弟，算是遗书，
这就是《狱中寄子由二首（其一）》[3]：

圣主如天万物春，小臣愚暗自忘身。
百年未满先偿债，十口无归更累人。
是处青山可埋骨，他年夜雨独伤神。
与君世世为兄弟，更结来生未了因。

生逢盛世，万物生长，春意盎然，自己却要死了。
苏轼说他的死微不足道，但留下一屁股经济和人情债务，
还有一家老小十多口人，从此唯有拖累弟弟来抚养。

更让他感到难过的，不是独自面对死亡的恐惧，而
是弟弟未来要承受更长时间的悲伤，"他年夜雨独伤神"。
苏轼在死前发出誓言，希望弟弟能够听到："与君世世
为兄弟，更结来生未了因。"

在死亡面前，人是渺小的。死亡和时间会将一切都毁灭、篡改、抹去，但只要那份真情至爱存在过、发生过，这段情感就会超越死亡的界限继续延伸，在每一个轮回里再现。

苏轼可以放心，因为弟弟对他的爱是无私的。

在苏轼刚刚被抓到御史台[4]的大牢时，子由就忙着开展营救工作。他上书皇帝，愿意削去一身官职替兄赎罪。他把哥哥的家眷都照顾得无微不至。这时的苏辙，自己一家也负担很重，但他无怨无悔。

最终，在苏辙等人的营救下，苏轼得以逃出天牢，但死罪可免，活罪难逃，他被贬至湖北黄州，和他关系亲密的人也悉数受到惩罚。

作为与他关系最亲密的人，苏辙则被贬至江西筠州，去做一个管理登记盐酒税的小官。不仅如此，在苏轼被御史台的差役押送前往黄州时，苏辙还得扶老携幼，带着自己和哥哥的两房家眷，走曲折的水路，去往江西贬所。到了江西，他还不能停留，又亲自护送哥哥的家眷到达

黄州。等到把苏轼一家在黄州安顿好后，他又得马上回到江西去履职。

苏辙总是这样。哥哥每次被贬谪，他总跟着受累。但他不觉得自己是牺牲品，因为他也和哥哥一样，他们有共同的信念和追求。

苏家一门两进士。当年，兄弟俩同时考中进士时，苏轼只有二十二岁，苏辙刚刚十九岁。之后，在等级更高、由皇帝亲自策问与选拔的制科⁵考试中，他们又同时被录取。

两个才华横溢的青年，一入京城，就崭露头角，震惊四座。宋朝文化璀璨夺目，现实政治却残酷无情。结党营私、钩心斗角、私欲横流是官场的常态。

苏轼和苏辙都是有自由思想的知识分子，他们不想同流合污，便担当起作为士大夫应有的责任和使命。

相比快言快语的哥哥，苏辙则沉静老练，不容易得罪人。但在关键时刻，他又义不容辞，挺身而出，不计利害得失。

　　早在制科考场文章中，苏辙就将矛头直指当朝皇帝宋仁宗，对他的执政能力大加批评，笔锋犀利，使人惊骇。

　　正因为他和哥哥苏轼如此相似，所以苏辙理解哥哥。最终，兄弟俩的人生殊途同归，一辈子生活艰难、仕途坎坷。

　　1061 年，苏轼被任命为凤翔签判 [6]，这是苏轼第一次为官，但他并不高兴。因为弟弟苏辙在制科考试中言论过于激烈，导致官职迟迟没有定下。此时，他们的母亲已经去世几年，而父亲老迈多病，孤身在京，无人陪侍。最后，苏辙选择留下侍奉父亲。弟弟从开封一路将哥哥送到郑州的西门外，然而送君千里终须一别。苏轼看着骑着瘦马的弟弟一点点消失，心神恍惚，明明没有喝酒，却有眩晕的感觉。他在《辛丑十一月十九日既与子由别于郑州西门之外，马上赋诗一篇寄之》[7] 中写道：

　　不饮胡为醉兀兀，此心已逐归鞍发。归人犹自念庭闱，

今我何以慰寂寞。

　　登高回首坡垄隔,惟见乌帽出复没。苦寒念尔衣裘薄,
独骑瘦马踏残月。

　　路人行歌居人乐,童仆怪我苦凄恻。亦知人生要有别,
但恐岁月去飘忽。

　　寒灯相对记畴昔,夜雨何时听萧瑟。君知此意不可忘,
慎勿苦爱高官职。

　　苏轼第一次走马上任,就想着归隐。他感到官场对
自己有一种无端的敌意。他知道人生总会有分别,但时
间飞逝,仍令人心慌。他不断提醒自己,同时也和弟弟
约定,二人尽早退休,重聚在一起,就像少年时那样,
兄弟俩对床而眠,同听夜雨,同读诗书。

　　人生聚少离多,在送别哥哥后的许多天里,苏辙仍
然沉浸在分离的情绪中。他也写了一首诗给哥哥,最后
一句是"遥想独游佳味少,无方骓马但鸣嘶"[8]。人生就
是一场孤独的旅行,人就像一匹没有方向的骓马,只知

床几

道"呜嘶"，被命运玩弄。

收到弟弟的诗后，苏轼对他的悲观情绪感到担忧。和苏辙不同，尽管苏轼的伤感是真实的，但他能从悲观的情绪里超脱出来。而他了解弟弟，子由一旦悲观，就会深陷其中难以自拔。

于是，苏轼回了一首诗给弟弟，叫《和子由渑池怀旧》[9]：

> 人生到处知何似？应似飞鸿踏雪泥。
> 泥上偶然留指爪，鸿飞那复计东西。
> 老僧已死成新塔，坏壁无由见旧题。
> 往日崎岖还记否，路长人困蹇驴嘶。

人生行踪无定，命运不可捉摸，就像飞行的鸿雁，偶然驻足在雪上，留下印迹。而鸿飞雪化，一切又不复存在。苏轼是在讲人生没有意义吗？不是的。他想提醒弟弟，记住往昔：

往日崎岖还记否，路长人困蹇驴嘶。

苏轼想说，虽然人生无常，在这人世间留下的痕迹如大雁在雪上的爪印般空幻无依，但只要拥有彼此的回忆，便能拥有人世的温暖。

苏轼在《颍州初别子由二首（其二）》[10]里还写道：

人生无离别，谁知恩爱重。

苏轼和弟弟苏辙早年从未分开过，后来因为宦海沉浮，不得不长时间分离。每一次分离，苏轼和苏辙都用大量思念的诗文把时空填满。他们两人的过往，就像飞鸿偶然在雪地留下的爪印，不久便杳无痕迹。但他们写给对方的诗文，除了给他们自己安慰，也提醒我们后来人，这是人间最美的东西。

硯台

在任何时代，兄弟反目、手足相残的事情都屡屡发生。只要涉及利益，友情、亲情、爱情都有可能会变质。而苏轼和苏辙，是情到深处的人。《宋史·苏辙传》评价说："辙与兄进退出处，无不相同，患难之中，友爱弥笃，无少怨尤，近古罕见。"

　　苏轼死后，苏辙又经历了更严酷而荒唐的时代，这是他的哥哥未尝经历过的。宋徽宗采用蔡京的政策，向新党一边倒，打击苏轼、苏辙等元祐党人，销毁他们的文集，严控意识形态，不许他们和他们的子孙留在京师，不许参加科举，而且一律"永不录用"。处在这样的高压之下，苏辙为了躲避政治迫害，退居在家，深居简出，把他不喜欢的这个时代关在了门外。

　　苏辙一生都敬佩和追随哥哥，他继续用笔去守护自己的良知，为黎民百姓呐喊。在孤独的夜里，苏辙也一定无数次抬头，望见他哥哥在诗词中不断提到的那个熟悉的月亮。月亮在苏轼连绵不绝的生命困境里，给了他

很多力量。如今，这月亮也给他的弟弟以同样的力量。

　　明月几时有？把酒问青天。不知天上宫阙，今夕是何年？我欲乘风归去，又恐琼楼玉宇，高处不胜寒。起舞弄清影，何似在人间！

　　转朱阁，低绮户，照无眠。不应有恨，何事长向别时圆！人有悲欢离合，月有阴晴圆缺，此事古难全。但愿人长久，千里共婵娟。

　　熙宁九年（1076年）中秋之夜，苏轼和朋友在山东密州的超然台上开怀畅饮，喝得酩酊大醉。但是佳节不能团圆，他苦念不在身边的弟弟，于是有了这首流传千古的《水调歌头·明月几时有》[11]。

　　苏轼死后，按照他生前遗嘱，葬于河南郏县。苏辙遵遗命撰写墓志铭。他守护着哥哥的墓，死后也葬在哥哥的身边，实现了兄弟俩早年"夜雨对床"、长叙此生的誓言。

香炉

采欢轩

1.《壬寅重九不预会独游普门寺僧阁有怀子由》全诗及白话译文如下：

壬寅重九不预会独游普门寺僧阁有怀子由
苏轼
花开酒美盍不归，来看南山冷翠微。
忆弟泪如云不散，望乡心与雁南飞。
明年纵健人应老，昨日追欢意正违。
不问秋风强吹帽，秦人不笑楚人讥。

花开了，酒也很醇美，为什么我还不回去呢？我来欣赏南山美丽的风光。

想起弟弟，眼泪流下来，像终日不散的云。望向家乡的心和南飞的雁一起飞走。

即使明年身体很好，也一定变老了吧！昨日寻欢作乐的样子不是出于自己的本意。

不必问秋风是否吹掉了我的帽子，我的样子，秦人不笑话楚人也一定会讥笑。

2.“乌台诗案”发生于元丰二年（1079年），时御史中丞李定等人罗织罪名，上表弹劾苏轼，诬陷苏轼以诗文诽谤朝廷，致使其被捕下狱。这就是历史上著名的“乌台诗案”。这案件先由监察御史告发，后在御史台狱受审。据《汉书·薛宣朱博传》记载，御史台中有柏树，野乌鸦数千栖居其上，故称御史台为“乌台”，亦称“柏台”，“乌台诗案”由此得名。

3.《狱中寄子由二首（其一）》由苏轼创作。全诗及白话译文如下：

狱中寄子由二首（其一）

苏轼

圣主如天万物春，小臣愚暗自忘身。

百年未满先偿债，十口无归更累人。

是处青山可埋骨，他年夜雨独伤神。

与君世世为兄弟，更结来生未了因。

圣明的君主恩大如天，好像万物逢春，又焕发出生机和活力。渺小的臣子愚昧无知，自取灭亡。

未到百年人应死的年龄，先要偿还前世的债。一家十口没有依靠，还要连累亲人。

到处都有青葱的山岭，可埋下我的朽骨。他年风雨之夜，留下你独自为我伤心。

你我这辈子有幸成为兄弟，因缘未了，来世我们再继续我们的手足之情。

4.御史台是古代的法律监督机关和行政监察机关，负有监督百官、典正法度的重大职责。御史台监察从中央到地方的各级官吏。

5.制科，即制举，又称大科、特科，为选拔"非常之才"，封建王朝举行的不定期、非常规考试。唐代制举堪称甚盛，至宋代，贡举大为发展，而制科则趋于衰微，但作为一种科举制度，仍不失为一代之制。清代康熙、乾隆时的博学鸿词科，光绪末的经济特科，均属此类。

6.签判，宋代各州、府选派京官充当判官时称签书判官厅公事，简称"签判"，掌诸案文移事务。

7.《辛丑十一月十九日既与子由别于郑州西门之外，马上赋诗一篇寄之》全诗及白话译文如下：

辛丑十一月十九日既与子由别于郑州西门之外，马上赋诗一篇寄之

苏轼

不饮胡为醉兀兀，此心已逐归鞍发。归人犹自念庭闱，今我何以慰寂寞。

登高回首坡垄隔，惟见乌帽出复没。苦寒念尔衣裘薄，独骑瘦马踏残月。

路人行歌居人乐，童仆怪我苦凄恻。亦知人生要有别，但恐岁月去飘忽。

寒灯相对记畴昔，夜雨何时听萧瑟。君知此意不可忘，慎勿苦爱高官职。

　　不曾饮酒，为什么会突然觉得头脑昏沉、神思恍惚？我的心已随着你渐行渐远的身影一同离去。归途上，你尚且可以牵挂家中的老父；而我行走在异乡的旷野，用什么来安慰心中的孤独？

　　站在高处，回首看着你返回京师的身影，你的乌帽忽隐忽现。担心你的衣裳太薄，抵挡不住寒冷的天气。你独自骑着瘦马远去，在寒冷的残月下多么孤单。

　　路上的行人边走边唱，他们有他们的欢乐。我却凄苦到连童仆也觉得奇怪。我知道人生常有分别，只恐时光流逝得太快。

　　今夜寒灯相对，你可会想起我们曾经的约定？何时才能在一起，听着夜雨萧瑟？希望你不要忘记我们退隐归去的志愿，千万谨慎啊，不要贪恋官场和高位。

　　8."遥想独游佳味少，无方骓马但鸣嘶"出自《怀渑池寄子瞻兄》。全诗及白话译文如下：

怀渑池寄子瞻兄

苏辙

相携话别郑原上，共道长途怕雪泥。

归骑还寻大梁陌，行人已度古崤西。

曾为县吏民知否？旧宿僧房壁共题。

遥想独游佳味少，无方骓马但鸣嘶。

我们兄弟在郑州西门外的原野上分别，共同担心路途遥远、前路艰难。

我骑马回去，寻找返回京城开封的路，想来远行的哥哥你已经翻过了崤西古道。

我也曾被朝廷命为渑池主簿，只是没有赴任，那里的百姓知道吗？我和你曾住宿在僧房里，还曾一起在墙壁上题诗。

遥想兄长独行，旅途一定很寂寞吧。前路迷茫，只能听到骓马的嘶鸣。

9.《和子由渑池怀旧》全诗及白话译文如下：

和子由渑池怀旧

苏轼

人生到处知何似？应似飞鸿踏雪泥。

泥上偶然留指爪，鸿飞那复计东西。

老僧已死成新塔，坏壁无由见旧题。

往日崎岖还记否，路长人困蹇驴嘶。

人生所到之处，留下的痕迹像什么呢？就像飞来飞去的鸿雁踏过的雪泥。

它们在雪泥上偶然留下一些爪印，它们飞走以后，也不知道往东还是往西。

老和尚已经去世，他留下的只有一座新砌的墓塔，残破的寺庙的墙壁上，再也无法看见曾经题写的诗句。

还记得当时去往渑池的崎岖难行的旅途吗？路又远，人又疲劳，跛脚的驴子不断地嘶鸣。

10.《颍州初别子由二首（其二）》全诗及白话译文如下：

颖州初别子由二首（其二）

苏轼

近别不改容，远别涕沾胸。咫尺不相见，实与千里同。

人生无离别，谁知恩爱重。始我来宛丘，牵衣舞儿童。

便知有此恨，留我过秋风。秋风亦已过，别恨终无穷。

问我何年归，我言岁在东。离合既循环，忧喜迭相攻。

悟此长太息，我生如飞蓬。多忧发早白，不见六一翁。

    距离较近的离别没改变人的表情，遥远的离别却让人流泪沾湿了胸前衣襟。距离很近却不能相见，实在和相隔千里等同。

    人生中如果没有离别，谁又能知道恩爱有多么重。自从我来到宛丘，儿童们牵着大人的衣服，手舞足蹈地欢迎。

    我便知道有此种遗憾，要把我留在秋风之中。秋风已过，离别之恨还将无穷无尽。

    问我什么时候回来，我说，新的一年就回。离合是一个循环，悲伤和快乐互相交错。

    我领悟了这个道理，并长久地叹息，人生来就像飞

蓬。很多的忧虑让我早早满头白发，我的老师欧阳修也已不在了。

11.《水调歌头·明月几时有》是苏轼于熙宁九年（1076年）中秋所创作的词。苏轼自熙宁四年（1071年）赴杭州任途中，和弟弟苏辙分别于颍州后，两人再未见过面。熙宁七年（1074年），他罢杭州任，请求调往北方，就是为了同担任齐州（今山东济南）掌书记的弟弟苏辙更近一点。朝廷批准了他的请求。谁想，密州、齐州相距不远，但两年多来，兄弟两人仍无法相见。对久别弟弟的怀念、政治上的失意等因素加起来，促使苏轼在中秋夜对月抒怀，写下这千古名篇。全词及白话译文如下：

水调歌头·明月几时有

苏轼

丙辰中秋，欢饮达旦，大醉，作此篇，兼怀子由。

明月几时有？把酒问青天。不知天上宫阙，今夕是何年？我欲乘风归去，又恐琼楼玉宇，高处不胜寒。起舞弄清影，何似在人间！

转朱阁，低绮户，照无眠。不应有恨，何事长向别时圆！人有悲欢离合，月有阴晴圆缺，此事古难全。但愿人长久，千里共婵娟。

丙辰年的中秋节，我高兴地喝酒直到第二天早晨，喝到大醉，写了这首词，同时思念弟弟苏辙。

什么时候有过这么明亮的月亮？我举起酒杯问那茫茫的苍穹。不知道天上的月宫里，现在是何年月？我想随着清风飞到月宫里去，只怕难以忍受那晶莹如玉的宫殿楼宇的清寒。在月宫里翩翩起舞，哪里比得上在人间欢乐。

月光转过朱红色的楼阁，照进雕花的窗户，照得我彻夜无眠。月亮呀，你不应该同人有什么恩怨吧，为什么总在人们离别的时候才最圆？人世间有悲欢离合，月亮也有阴晴圆缺，这些事情从来就难以美满。只希望所有人能够平安健康，相隔千里，也能借一轮月亮心心相印。

第三章

「花」和爱情：
宋人苏轼的「花序」

"他终日伏案工作，从不曾漫步夕阳下，惊喜地撞见中央公园的贝尔威德城堡，池塘水面，石堡耸立，男孩子在岸边钓鱼，女孩子随意平躺在突起的岩石上。他决不会在纽约闲逛，突然发现点什么，毕竟，他得忙着赶火车……每个工作日的早晨，都有大约四十万男女，从地铁和隧道拥出，奔入曼哈顿岛……他们可能供职于下城的金融区，从没有见过洛克菲勒中心葳蕤的花圃——水仙花、麝香兰、白桦，还有清晨迎着和畅春风飘飞的彩旗。"

这段文字来自美国作家 E.B. 怀特[1]，写的是 1948 年纽约的上班族们最平常的一天。文字里描述的这种生活状态，在很多时代、很多城市、很多人的身上都可能发生。就比如，1073 年的苏轼。

1072 年的苏轼，正在杭州担任通判。他忙于处理繁杂的公务，在辖区各县之间疲于奔命。有时，他在杭州主持本州的乡试；有时，他又出现在湖州，视察新筑的堤岸。他真正深入民间，观察王安石变法的弊病。

远在庙堂之上的官员，很少能对穷乡僻壤老百姓的真实生活感同身受，但苏轼亲眼见了。普通人被横征暴敛、压迫凌辱的悲惨景象，都在苏轼的眼前活生生地展现。

苏轼无能为力。他反对新法，却被派到地方来执行新法，这就像一个天大的讽刺。他只能在自己的职权范围之内，尽可能改善民生。他写下许多呼号的诗文，和百姓同歌同哭。

在焦灼的内心深处，苏轼仍不能忘怀自然草木。他是一个爱花之人，对久负盛名的杭州吉祥寺的牡丹情有独钟，但苦于没有时间常去。在杭州三年，他只有一次观赏到最美的牡丹花。

1072 年，暮春三月，苏轼与杭州太守沈立 [2] 一起去吉祥寺观赏牡丹，数以万计的杭州百姓也来赴花会。官

牡丹

民同乐，苏轼喝醉了，头上还插着鲜花。苏轼在《吉祥寺赏牡丹》[3]一诗中写道：

> 人老簪花不自羞，花应羞上老人头。
> 醉归扶路人应笑，十里珠帘半上钩。

在这春风拂面、春光明媚的日子里，苏轼突然感到老了，但他其实只有三十七岁。

一年后（1073 年），又是一个春天。他出差回到杭州，就急忙赶到吉祥寺去看牡丹花。但春天快过去了，花也快谢了。此时的杭州太守已经不是沈立——他被调到京城任职去了，来了一位新长官陈述古。陈述古是一位正人君子，苏轼对其十分敬佩，两人很快成为朋友。苏轼写诗《吉祥寺花将落而述古不至》[4]给陈述古：

> 今岁东风巧剪裁，含情只待使君来。
> 对花无信花应恨，直恐明年便不开。

苏轼告诉陈述古，牡丹再不看就没机会了。陈述古读到这首诗，立刻约上苏轼等人第二天同往吉祥寺赏花饮酒。在酒席之上，苏轼写了《述古闻之明日即来坐上复用前韵同赋》[5]：

仙衣不用剪刀裁，国色初酣卯酒来。
太守问花花有语，为君零落为君开。

一般人看花，是喜欢花的外表，被其颜色气味吸引。苏轼看花，是看到一个有趣、有爱的灵魂：她多愁善感，一往情深，谁能拒绝她的邀请呢？

1074 年，苏轼依然想着吉祥寺的牡丹，但当时他忙于沿漕运去往常州、嘉兴、靖江等地赈灾，回杭州时，牡丹花期已过。而当年 8 月，他就调离了杭州。这成了苏轼再一次的遗憾。

和许多因为繁忙而忽略周遭之美的人不同，对苏轼来说，工作越是忙碌，越令他更加珍惜一年一会的吉祥寺牡丹。

的确，苏轼喜欢牡丹。让他给最喜爱的花朵排序，如果牡丹排第三位，那么排第二位的一定是海棠。

　　海棠，是苏轼家乡的花。在宋朝，四川是海棠栽培的主要地区。北宋文人宋祁在《益部方物略记》里曾经赞誉："蜀之海棠，诚为天下奇艳。"宋代沈立在《海棠记序》中更是将蜀中海棠与牡丹并列："蜀花称美者，有海棠焉……尝闻真宗皇帝御制后苑杂花十题，以海棠为首章，赐近臣唱和，则知海棠足与牡丹抗衡，而可独步于西州矣。"

　　可见，在宋代，不但文人喜爱海棠，帝王也对之情有独钟。

　　而苏轼对海棠的喜爱，是与他对故乡的想念结合在一起的。被贬湖北黄州时，苏轼最初寄居在城中一处叫定惠院的寺庙。一天，他在院外散步，路过某家的竹篱，忽然发现一株海棠，在春风里对他嫣然微笑。

　　苏轼很惊讶。蜀地才有的海棠是如何出现在黄州这么偏僻的地方的呢？它白里透红、粉白相杂，如果置身繁华的都市，一定价格不菲，被富贵人家追捧，而如今

它却独自盛开在山野里无人问津。苏轼心想，一定是天上的鸿鹄把海棠花的种子从蜀地衔到黄州来，才有他们今日的相逢。

苏轼百感交集，心有戚戚焉，仿佛从这株海棠里看到了自己的命运。于是他提笔写下：

江城地瘴蕃草木，只有名花苦幽独。

嫣然一笑竹篱间，桃李漫山总粗俗。

也知造物有深意，故遣佳人在空谷。

自然富贵出天姿，不待金盘荐华屋。

…………

天涯流落俱可念，为饮一樽歌此曲。

明朝酒醒还独来，雪落纷纷那忍触。[6]

最后这一句写出了苏轼内心的复杂情愫。他远离故乡，流落天涯，却没想到"他乡遇故知"，于是打算第二天再独自来看这株海棠。所谓珍惜，就是想触碰却又收回手。他怕它的花瓣像雪花一样纷纷掉落，最终消失。

被贬黄州，苏轼刚好四十五岁，正值盛年。这是一个人一生当中的黄金时代，苏轼却跌入了谷底，似乎望不到出头之日。

在黄州第三年，他写了《寒食雨二首（其一）》[7]，又提到海棠花：

自我来黄州，已过三寒食。
年年欲惜春，春去不容惜。
今年又苦雨，两月秋萧瑟。
卧闻海棠花，泥污胭脂雪。
暗中偷负去，夜半真有力。
何殊病少年，病起头已白。

苏轼在哭海棠的不幸，也在哭自己的穷途末路。他老了，没有施展抱负的机会了。

他也再没有杭州的风光，没有那般赏花的热闹，朋友簇拥身旁。如今在这里，苏轼感受到昔日映衬下的孤独。

一个孤独的人面对一株孤独的海棠，这也许是走进彼此心灵的最好时刻。

东风袅袅泛崇光，香雾空蒙月转廊。
只恐夜深花睡去，故烧高烛照红妆。

这首题为《海棠》[8]的诗，写于公元 1084 年，当时已是苏轼被贬到黄州的第五个年头。这首诗里，他把海棠花写得很美，和以往"泥污胭脂雪"的海棠花完全两个模样。彼时夜已深，苏轼还想点燃红烛，再看看海棠的美。

这是一份执着，一份深情。

苏轼用海棠花来自比。他没有堕落，他仍有足够的勇气面对现实。黄州的贬谪生涯，使他变得成熟、安然、超脱，望之如神仙。

回首向来萧瑟处，归去，也无风雨也无晴。[9]

苏轼喜欢牡丹，也喜欢海棠。但在所有的花中，他最喜欢的，还是梅花。梅花屡屡出现在苏轼的诗文里，他的三次被贬经历也与梅花紧密相连。

　　被贬黄州，他在途中遇见一株扎根深谷的梅花，写了《梅花二首》[10]，"幸有清溪三百曲，不辞相送到黄州"。被贬惠州时，松风亭下梅花盛开，他又写了梅花诗，"春风岭上淮南村，昔年梅花曾断魂。岂知流落复相见，蛮风蜒雨愁黄昏"。被贬海南，在饱受折磨后，他遇赦北归，写了《赠岭上梅》[11]："梅花开尽百花开，过尽行人君不来。不趁青梅尝煮酒，要看细雨熟黄梅。"

　　苏轼流落天涯，每次都见到梅花，每次都有梅花的诗句，这是人生的巧合，也是后人的幸运。梅花不仅是花，它也象征着不畏严寒、玉洁冰清、与困难搏斗的精神，这正是作为一名正直的士大夫所追求的理想人格。

　　苏轼爱梅花，正是爱梅花这种高洁的精神。但苏轼对梅花的喜爱，还兼有王朝云的因素。

　　王朝云是苏轼的侍妾，她从十二岁踏进当时任杭州

梅花

通判的苏轼的家门，一晃二十余年。王朝云悉心照料苏轼一家老小，一同喜怒哀乐、荣辱沉浮。在她的陪伴下，苏轼度过了贬谪黄州和贬谪惠州的两段艰难岁月，苏轼将她看作自己的至亲至爱、知己朋友。

然而就在惠州，王朝云不幸染上疫病。当时，没有今天的防治技术，加上惠州缺医少药，毫无挽救的希望，王朝云去世时只有三十来岁。临终时，她口诵《金刚经》中的"六如偈"：

一切有为法，如梦幻泡影，如露亦如电，应作如是观。

苏轼老泪纵横，作《西江月·梅花》[12]怀念朝云：

玉骨那愁瘴雾，冰姿自有仙风。海仙时遣探芳丛。倒挂绿毛么凤。

素面翻嫌粉涴，洗妆不褪唇红。高情已逐晓云空，不与梨花同梦。

团扇

朝云的一颦一笑，已经消失，寂灭，飞入云空。随之而去的，是苏轼内心最重要的一块。

死亡，是连一朵花也没有，一朵花也看不见。因为死亡的存在，苏轼郑重地与生命中遇见的梅花告别。

素面翻嫌粉涴

洗妆不褪唇红

1.E.B.怀特（1899—1985），美国当代著名散文家、评论家，以散文名世，"其文风冷峻清丽，辛辣幽默，自成一格"。生于纽约州弗农山，毕业于康奈尔大学。作为《纽约客》主要撰稿人的怀特一手奠定了影响深远的 "《纽约客》文风"。除了终生挚爱的随笔，怀特还为孩子们写了三本书：《精灵鼠小弟》《夏洛的网》与《吹小号的天鹅》。成为儿童与成人共同喜爱的文学经典。

2.沈立（1007—1078），字立之，和州历阳（今安徽和县）人，进士出身，精于水利，喜好藏书，是一位学者型官员。

3.《吉祥寺赏牡丹》全诗及白话译文如下：

吉祥寺赏牡丹

苏轼

人老簪花不自羞，花应羞上老人头。

醉归扶路人应笑，十里珠帘半上钩。

　　人老了，还把鲜花戴在头上。我不害羞，倒是花儿应该为在我头上而害羞。

　　赏完花，我喝醉酒回来，一路上应该有人在笑我吧。十里街市上的老百姓都把帘卷上，走出门来观看。

4.《吉祥寺花将落而述古不至》全诗及白话译文如下：

吉祥寺花将落而述古不至

苏轼

今岁东风巧剪裁，含情只待使君来。

对花无信花应恨，直恐明年便不开。

　　今年东风对花朵巧妙剪裁，花儿含情脉脉，只等待使君的到来，希望你好好欣赏它。

可是，你答应好来看花，却不讲信用来不了。花儿应该会因爱生恨，花容大怒，到明年不再开给你看。

5.《述古闻之明日即来坐上复用前韵同赋》全诗及白话译文如下：

述古闻之明日即来坐上复用前韵同赋

苏轼

仙衣不用剪刀裁，国色初酣卯酒来。

太守问花花有语，为君零落为君开。

牡丹花的仙衣不是用剪刀裁剪出来的。国色天香的它开得正好，一起饮早晨的酒，一起看花吧。

太守问花："你还开放吗？"花回答："为君零落为君开。"

6."江城地瘴蕃草木……雪落纷纷那忍触。"出自《寓居定惠院之东杂花满山有海棠一株土人不知贵也》。全诗及白话译文如下：

寓居定惠院之东杂花满山有海棠一株土人不知贵也

苏轼

江城地瘴蕃草木，只有名花苦幽独。

嫣然一笑竹篱间，桃李漫山总粗俗。

也知造物有深意，故遣佳人在空谷。

自然富贵出天姿，不待金盘荐华屋。

朱唇得酒晕生脸，翠袖卷纱红映肉。

林深雾暗晓光迟，日暖风轻春睡足。

雨中有泪亦凄怆，月下无人更清淑。

先生食饱无一事，散步逍遥自扪腹。

不问人家与僧舍，拄杖敲门看修竹。

忽逢绝艳照衰朽，叹息无言揩病目。

陋邦何处得此花，无乃好事移西蜀。

寸根千里不易到，衔子飞来定鸿鹄。

天涯流落俱可念，为饮一樽歌此曲。

明朝酒醒还独来，雪落纷纷那忍触。

黄州气候潮湿，滋生繁茂的草木，只有名贵的海棠花极其幽美孤独。

它在竹篱之间开得多美，像美人一样嫣然一笑，使得漫山遍野的桃李都显得那么粗俗。

我知道造物主有它的深刻用意，所以才把佳人安置在深山野谷。

姿态自然，富丽华贵，都是出自它天然的本色。不靠金盘装饰，不用给它华美的房屋。

红色的花好像那醉美人的朱唇和她脸上的红晕，绿叶则好像她碧绿的袖子和裙纱，映衬着红色的肌肤。

树林深处，雾气弥漫，晨光到得很晚。日暖风轻，海棠已经睡足。

海棠在雨中哭泣。在月下，无人欣赏，它更显得清秀淑静。

我被贬到这里，饱食终日，无事可做，便摸着鼓鼓的肚子，自由自在地散步。

不管民居还是僧舍，我都拄着手杖敲开门，为的是看看园子里挺拔的翠竹。

突然碰到这么艳丽无比的海棠出现在我面前，照着我这衰朽的身体。我默默无语，一边叹息，一边擦我多病的眼睛。

偏僻的黄州从哪里得到这名贵的海棠花的啊？是不是好事者从故乡西蜀移栽到此地的？

　　幼苗太小，千里迢迢，不容易送到。一定是飞来的鸿鹄衔着种子来到这里。

　　你我都流落到此啊，让我为你喝一杯酒，写一首诗来歌唱你吧。

　　明天早晨酒醒后，我还会来看你，只怕那时候你的花瓣已纷纷坠落，不堪触目。

7.《寒食雨二首（其一）》全诗及白话译文如下：

寒食雨二首（其一）

苏轼

自我来黄州，已过三寒食。

年年欲惜春，春去不容惜。

今年又苦雨，两月秋萧瑟。

卧闻海棠花，泥污胭脂雪。

暗中偷负去，夜半真有力。

何殊病少年，病起头已白。

自从我来到黄州，已度过三个寒食节。

年年爱惜春光想将它挽留，春天却只管归去不容人惋惜。

今年又苦于连绵阴雨，两个月气候萧瑟一如秋季。

独卧在床听雨打海棠，胭脂一样的花瓣像雪片般凋落在污泥中。

造物主把春天偷偷背走，夜半的它，真有神力。

海棠在雨里站着，仿佛一位患病的少年，病愈后，它的头发都已经斑白。

8.《海棠》全诗及白话译文如下：

海棠

苏轼

东风袅袅泛崇光，香雾空蒙月转廊。

只恐夜深花睡去，故烧高烛照红妆。

袅袅的东风轻轻吹着，春光日渐明媚。海棠花香气四溢，月亮转过回廊。

只担心夜深人静，花朵悄悄睡去。所以我点燃高烛，照亮海棠美丽的身影，以静静地欣赏。

9."回首向来萧瑟处，归去，也无风雨也无晴"出自《定风波·莫听穿林打叶声》。全词及白话译文如下：

定风波·莫听穿林打叶声

苏轼

三月七日，沙湖道中遇雨，雨具先去，同行皆狼狈，余独不觉，已而遂晴，故作此。

莫听穿林打叶声，何妨吟啸且徐行？竹杖芒鞋轻胜马，谁怕？一蓑烟雨任平生。

料峭春风吹酒醒，微冷。山头斜照却相迎。回首向来萧瑟处，归去，也无风雨也无晴。

三月七日，在沙湖道上赶上了下雨，携带雨具的人先走了一步。同行的人都觉得很狼狈，只有我不这么觉得。过了一会儿天晴了，我就写了这首词。

不用在意那穿林打叶的雨声，不妨一边吟咏长啸着，

一边悠然地前行。拄竹杖，穿草鞋，轻便胜过骑马，这都是小事情，有什么可怕的？一身蓑衣任凭风吹雨打。

春风微凉，将我的酒意吹醒，身上略微感到一些寒冷。山头上斜阳已露出了笑脸。回头望一眼走过来遇到风雨的地方，归去吧，不管它是刮风下雨，还是放晴。

10.《梅花二首》全诗及白话译文如下：

梅花二首

苏轼

春来幽谷水潺潺，的皪梅花草棘间。

一夜东风吹石裂，半随飞雪渡关山。

何人把酒慰深幽，开自无聊落更愁。

幸有清溪三百曲，不辞相送到黄州。

春天，幽谷里水声潺潺。明艳的梅花开在草棘间。

一夜东风吹来，寒冷强劲，好像要把石头吹裂。飞落的梅花如雪，一半已随风飞往关山。

谁能拿酒安慰那清幽孤独的梅花呢？它寂寞地开放，寂寞地落下。

　　只有蜿蜒曲折的溪水，不辞辛苦，一直把落梅送到黄州。

11.《赠岭上梅》全诗及白话译文如下：

赠岭上梅

苏轼

梅花开尽百花开，过尽行人君不来。

不趁青梅尝煮酒，要看细雨熟黄梅。

　　梅花已经开完了百花才开，很多行人路过了，你却偏偏没来。

　　此时没有趁着青梅时节来煮酒，反倒是看着蒙蒙细雨，想着何时品尝熟透的黄梅。

12.《西江月·梅花》全词及白话译文如下：

西江月·梅花

苏轼

玉骨那愁瘴雾，冰姿自有仙风。海仙时遣探芳<u>丛</u>。
倒挂绿毛么凤。

素面翻嫌粉涴，洗妆不褪唇红。高情已逐晓云空，
不与梨花同梦。

玉洁冰清的风骨哪里理会瘴雾，它自有一种仙人的
风度。海上仙人时不时派遣使者来探视芬芳的花丛，比
如那倒挂着的绿羽装点的小鸟。

梅花的素色害怕脂粉的玷污。花瓣虽然败谢，那唇
红的颜色依然鲜艳。高尚的情操已追随晓云而成空无，
不会有梨花来入梦。

读给你诗

THE POEM FOR YOU

读你为诗
THE POEM FOR YOU

第四章

交友：人人都想

成为张怀民

一个人的魅力，有时候可以从他的朋友身上看出来，比如苏轼和他的朋友。

苏轼有个政敌，叫王安石[1]。他们两位都是历史上赫赫有名的人物，可在政治立场上彼此敌对。苏轼反对王安石变法，王安石也一直对苏轼加以排斥。

后来，王安石痛心于新法被小人毁损，早已脱离自己的设想，于是辞去官职，退隐南京。而苏轼经过"乌台诗案"、被贬黄州后，他在江淮一带漂泊，路过南京，想去拜访王安石。

王安石大病初愈，听说苏轼到了南京，早就按捺不住，骑着驴子，到江边来拜访苏轼。苏轼来不及戴帽子，迎上前去，作揖抱愧说："我今日穿着村野衣服来见大丞相了。"王安石笑着说："礼法，难道是为我们这样的人而设的吗？！"两人相视大笑。

王安石和苏轼，曾经误会重重，隔阂很深。他们之间的矛盾，也不是因为一己之私，而是因为各自的政治立场和看法不同。他们都希望有一个富强的国家，百姓能安居乐业。他们对彼此的才气、学问和人品也都非常欣赏。如今时过境迁，在南京相见，他们冰释前嫌，成了朋友。

一连数日，两人朝夕相见，饮食游乐，都在一起，仿佛要把从前浪费的时光弥补回来。王安石劝苏轼在南京买点田地，寻一所住宅住下，和自己做邻居。这让苏轼非常感动。他写了《次荆公韵四绝》[2]，其三道：

骑驴渺渺入荒陂，想见先生未病时。

劝我试求三亩宅，从公已觉十年迟。

这缘分，要是再早十年到来就好了。如今的苏轼，还有心事未了。他看到眼前这个老人，曾经在政坛呼风唤雨，却始终没有被权力和金钱扭曲本色，心中充满敬佩。他们互相郑重告别。王安石后来长叹："不知更几百年，方有如此人物！"

除了王安石，章惇[3]是苏轼的另一个政敌，也是极具实权的人物。事实上，章惇曾是苏轼签判凤翔时结交的朋友，当时任商洛县令。两人都是一时人杰，结为挚友。章惇还曾在"乌台诗案"时为苏轼仗义执言。苏轼被贬黄州后，章惇也不避嫌，与他通信。这都让苏轼很感激。可就是因为两人对待新法的态度迥异，导致关系逐渐破裂，渐行渐远。后来，在腥风血雨的政治党争中，严重的猜忌和报复心使得章惇几次想置苏轼于死地。

政坛之事，变幻莫测。宋哲宗在位时，章惇借故把苏轼贬到海南。然而，宋徽宗上台后，章惇因为曾经反对传位徽宗，便被罢相，贬到雷州。与此同时，苏轼遇赦，从海南岛北归了。

章惇的儿子章援是苏轼的学生。当时有传言，苏轼将会被朝廷委以重任，拜为宰相。章援知道父亲过去的种种作为，非常担心苏轼重新上台后会进行报复。于是，他诚惶诚恐地给苏轼写了一封长信，为父亲求情。

谁想苏轼不但从未想过要如何报复章惇，还非常同情章家父子的遭遇。收到章援的信后，他扶病起床，写了一封感情真挚的回信：

某与丞相定交四十余年，虽中间出处稍异，交情固无所增损也。闻其高年，寄迹海隅，此怀可知。但以往者，更说何益？惟论其未然者而已。主上至仁至信，草木豚鱼所知也。建中靖国之意，可恃以安。又海康风土不甚恶，寒热皆适中。舶到时，四方物多有，若昆仲先于闽

客、广舟准备，备家常要用药百千去，自治之余，亦可以及邻里乡党。又丞相知养内外丹久矣，所以未成者，正坐大用故也。今兹闲放，正宜成此。然只可自内养丹，切不可服外物也……书至此，困惫放笔，太息而已。

章惇掌权时，想置苏轼于死地。而苏轼北归后，对章惇的遭遇却深表同情，还劝他多备良药来养生，又告诉他养生需注意的事项。林语堂在《苏东坡传》里说，此信是伟大的人道主义文献。诚哉斯言！

苏轼表现出来的宽容大度和仁爱精神，用他自己的话说就是："吾上可以陪玉皇大帝，下可以陪卑田院乞儿。眼前见天下无一个不好人。"苏轼是经历过举报和文字狱的人。很多人在经历过类似的灾难后，从此选择不相信任何人，也不爱任何人。而苏轼，依然有输出爱的能力，依然选择相信。

造物所忌，日刻日巧；万类相感，以诚以忠。

这是金缨[4]《格言联璧·惠吉类》中的名句之一。苏轼以诚待人，人也以诚待他。他三次被贬，处境一次比一次惨，每一次都差点要去他的性命，但他最终活着回到了中原。

　　这除了有苏轼积极乐观的性格因素，还因为有来自朋友的帮助。他每到一地，都能碰到同情他、帮助他的地方官员。

　　被贬黄州，苏轼十分孤独，一般人对他避之唯恐不及，怕惹是非。黄州知州徐君猷却对他礼遇有加，完全没有长官对罪臣的隔阂。他经常邀请苏轼到自己家做客，每逢节日更是如此。苏轼感慨黄州没有好酒吃，徐君猷得了好酒，第一个想起的就是苏轼，约他一同品尝。后来，苏轼感慨说："始谪黄州，举目无亲。君猷一见，相待如骨肉，此意岂可忘哉！"

　　黄州如此，被贬惠州、儋州也是如此。正是许多像徐君猷这样善良官员的关爱，使得苏轼在艰难的环境中，

仍能坚强而乐观地活下来。

除了官员和士大夫，苏轼还得到了底层人民给予的温暖。

到黄州之前，苏轼最大的心事是："黄州岂云远，但恐朋友缺。"但不久后，他就认识了住在长江对岸的王氏兄弟。苏轼每次过江去，他们都杀鸡摆酒款待他，聊得晚了，苏轼还经常留宿王家。后来，苏轼又结识了潘丙、潘原、古耕道、潘大临和郭遘等人。他们虽说都是市井之人，但明辨事理，急公好义。苏轼后来在黄州东坡开垦荒地，也多得他们的帮忙。

苏轼曾写《正月二十日与潘郭二生出郊寻春忽记去年是日同至女王城作诗乃和前韵》[5]来赞美这些义气的朋友：

东风未肯入东门，走马还寻去岁村。

人似秋鸿来有信，事如春梦了无痕。

江城白酒三杯酽，野老苍颜一笑温。

已约年年为此会，故人不用赋《招魂》。

身在朝堂之上的故人没忘记苏轼，他们正想方设法将他调离黄州贬所，还教苏轼好好忍耐，等待将来。但苏轼告诉他们，自己活得没有他们想的那么糟。因为在黄州，他结下了许多珍贵的友情。正是与这些平民朋友的相处，使苏轼享受着当下的温存和快乐。

苏轼还有一个平民朋友叫巢谷[6]。巢谷也是眉山人，他和苏轼兄弟从小相熟，朴实无华，行侠仗义。苏轼兄弟在朝廷做官，巢谷在乡下谋生，他从未想过要寻求他们的帮助。

而当苏轼被贬黄州时，巢谷就从蜀地跑来看他。巢谷还是烹调好手，在黄州，他经常亲自下厨，煮猪头，做姜豉菜羹，以慰苏轼对家乡美食的相思之苦。十多年

后，苏轼兄弟又遭不幸，苏轼被贬海南，苏辙被贬龙川。这期间，以前结识的官员都避免同他们交往，平素的亲朋好友也不再有联系。而七十多岁高龄的巢谷知道后，却在眉山老家愤激地表示，要徒步去寻访苏氏兄弟。听他说了这番话的人，都讥笑他疯了。

然而，巢谷没有在意这些人的嘲笑，他历尽千辛万苦，到了梅州，给苏辙寄去书信。等到见面之后，两人紧握着手，禁不住热泪盈眶。听到巢谷还要前往海南岛去看望哥哥苏轼，苏辙忍不住劝他："您的心意是好的。但从这里去儋州，有好几千里的路程，还得坐船过海，您这么大岁数实在不必折腾。"

可是巢谷执意要走，苏辙留不住，给他勉强凑了一点盘缠。结果巢谷乘船走到一个叫新会的地方，被小偷偷走了钱袋。后来听说小偷在新州被抓获，巢谷又连忙赶去，想追回仅有的盘缠。最终还是因为旅途劳顿，一病不起，客死他乡。

后来苏轼在北归的途中才听说了巢谷的事，他悲伤不已，写信给眉山老家的朋友，资助巢谷的儿子远来迎丧，他还委托地方长官代为安排护送灵柩。试想一下，一位年过七十的老人，为了探望朋友，步行数千里，最终因此丧命，这情谊，近千载之后，仍让人动容。

　　与其说苏轼是有魅力的，不如说苏轼的朋友是有魅力的，北宋是有魅力的。在那个时代，虽然也有奸人沆瀣一气、尔虞我诈的官场黑暗，有让人悲哀的党争，但仍然有一群人，无论是官员还是百姓，他们守住了人性的底线，保存了做人的气节与风骨，也让苏轼完成了自己。

　　然而在苏轼所有的朋友中，最让人眼热的是张怀民。元丰六年（1083 年）十月十二日夜，湖北黄州，一个平常的月夜。因为苏轼和张怀民，那个夜晚格外美好。

　　苏轼在《记承天寺夜游》[7] 中这般描述：

元丰六年十月十二日夜，解衣欲睡，月色入户，欣然起行。念无与为乐者，遂至承天寺寻张怀民。怀民亦未寝，相与步于中庭。庭下如积水空明，水中藻荇交横，盖竹柏影也。何夜无月？何处无竹柏？但少闲人如吾两人者耳。

和李白"花间一壶酒，独酌无相亲。举杯邀明月，对影成三人"的孤独不同，苏轼给我们留下的，永远是一个温暖的形象。想起苏轼，不是想起他一个人，而是想起很多人，想起苏轼和簇拥在苏轼身边的那些朋友。他们和苏轼相识，被苏轼照亮，也照亮苏轼。也许正是因为这些朋友，苏轼才会热情洋溢地活着，爱着，写着，直到生命的最后一刻。

在一次又一次对苏轼诗文的阅读中，我们想象自己也是张怀民。我们和苏轼一起，回到元丰六年十月十二日的那个夜晚。那晚的月亮真好，你看到了吗？

庭下如積水空明

水中藻荇交橫，

蓋竹柏影也

———

一二

采欢轩

1. 王安石（1021—1086），字介甫，号半山，抚州临川（今江西抚州）人，北宋时期政治家、文学家、思想家、改革家。元祐元年（1086 年），保守派得势，新法皆废，王安石病逝于南京钟山，享年六十六岁。累赠为太傅、舒王，谥号"文"，世称王文公。

2. 元丰七年（1084 年），经历了"乌台诗案"被贬黄州数年后被赦，四十九岁的苏轼于当年春天从黄州迁往河南汝州，途中游庐山，至筠州（今江西高安）会兄弟苏辙。当年秋天，他顺江而下至金陵。听说王安石大病初愈，特地前往拜访，《次荆公韵四绝》便是此次唱和之作，这是苏轼和诗四绝中的第三首。全诗及白话译文如下：

次荆公韵四绝（其三）

苏轼

骑驴渺渺入荒陂，想见先生未病时。

劝我试求三亩宅，从公已觉十年迟。

您骑着驴子远远地走在荒凉的山坡，我不禁遐想，应该在先生您生病之前来探望。

您曾劝我试着购置三亩宅地，十年后我才跟从您，已经太迟。

3.章惇（1035—1105），字子厚，北宋政治家、改革家、书法家，银青光禄大夫章俞之子。他是北宋历史上具有划时代意义的人物之一，其一生的政治作为对北宋政治造成深远影响。

4.金缨（生卒年不详），清代学者，浙江山阴（今浙江绍兴）人，编著有《格言联璧》一书。《格言联璧》分为学问、存养、持躬、摄生、敦品、处事、接物、齐家、从政、惠吉、悖凶等十一类，按儒家大学、中庸之

道，以"诚意""正心""格物""致知""修身""齐家""治国""平天下"等主要内容为框架，收集有关这些内容的至理格言。

5.《正月二十日与潘郭二生出郊寻春忽记去年是日同至女王城作诗乃和前韵》作于元丰五年（1082年），苏轼被贬谪黄州后迁居临皋亭。

元丰四年（1081年）正月二十日，苏轼前往岐亭拜访朋友陈慥，潘丙、古耕道、郭遘将他送至女王城东禅院。

元丰五年（1082年）正月二十日苏轼与潘、郭二人出城寻春，为一年前的同一天在女王城所作的诗写下和诗。

女王城位于黄州城东十五里。战国时期，春申君相楚，受封淮北十二县，女王城应为"楚王城"误称。

全诗及白话译文如下：

正月二十日与潘郭二生出郊寻春忽记去年是日同至女王城作诗乃和前韵

苏轼

东风未肯入东门，走马还寻去岁村。

人似秋鸿来有信，事如春梦了无痕。

江城白酒三杯酽，野老苍颜一笑温。

已约年年为此会，故人不用赋《招魂》。

春天的东风不肯吹进东面的城门，我们骑马出城去寻找去年游玩过的村落。

寻春的人来得像秋天南飞的大雁一样准时。可是往事就好像春天的一场大梦，连一点痕迹都没有留下。

让我们去江城喝上三杯酒家自酿的好酒吧，这里民风淳朴，乡间饱经沧桑的老人会用温暖的笑容来欢迎你。

我们已经约定，每年春季的时候都要出门踏青。老朋友们，你们不必担心我的处境。

6. 巢谷（1027—1099），字元修，眉州眉山（今属四川）人。他的故事主要见于苏辙的《巢谷传》。

7.《记承天寺夜游》写于元丰六年（1083年），

此时苏轼被贬黄州已有四年。全文及白话译文如下：

记承天寺夜游

苏轼

元丰六年十月十二日夜，解衣欲睡，月色入户，欣然起行。念无与为乐者，遂至承天寺寻张怀民。怀民亦未寝，相与步于中庭。庭下如积水空明，水中藻荇交横，盖竹柏影也。何夜无月？何处无竹柏？但少闲人如吾两人者耳。

元丰六年十月十二日夜晚，我脱下衣服正准备睡觉，月光从窗户照进来，于是我高兴地起身出门。想到没有可以共同游乐的人，就到承天寺寻找张怀民。张怀民也还没有睡觉，我俩就一起在庭院中散步。庭院中的月光宛如积水那样清澈透明，水藻、荇菜纵横交错，原来那是庭院里的竹子和柏树的影子。哪一个夜晚没有月亮？哪个地方没有竹子和柏树呢？只是缺少像我们两个这样清闲的人罢了。

第五章

吃货：吃法决定活法

在人生之旅中，处于压力之下，每个人释放压力的方式不同。有人写作，有人听音乐，有人摩挲手上的一百零八颗佛珠……苏轼的办法是，寻找美食。

苏轼第一次被贬，是去黄州。他刚刚死里逃生。这次被贬，对他打击很大。在黄州城外，他看到连绵不断的竹林、围绕城郭风平浪静的长江水，心里已经开始盘算：这里竹林多，竹笋一定很香很嫩；长江里的江鲜不愁吃不到。想到这里，苏轼心情就好些了。他在《初到黄州》[1]一诗中写道：

自笑平生为口忙，老来事业转荒唐。

长江绕郭知鱼美，好竹连山觉笋香。

逐客不妨员外置，诗人例作水曹郎。

只惭无补丝毫事，尚费官家压酒囊。

后来，苏轼果然常常拿竹笋和江鱼来安慰自己的胃，款待朋友。

苏轼第二次被贬，是去惠州。惠州在南方，水果四季不断，尤其是一些特产果物，因为交通不便，在中原很罕见。苏轼吃到了因博得杨贵妃一笑而闻名的荔枝，他高兴地写下《惠州一绝》[2]：

罗浮山下四时春，卢橘杨梅次第新。

日啖荔枝三百颗，不辞长作岭南人。

但苏轼在岭南没待几年，第三次被贬，去了"天涯海角"的儋州。儋州在海南，当年不但无肉无鱼，甚至连米面都需要从岛外运进来。每逢天气变化，海运阻塞，岛外的各种食材暂时都运不上岛，结果苏轼在当地发现

荔枝

了生蚝这一美味。"东坡在海南，食蚝而美。"他给儿子的信里千叮咛万嘱咐要儿子做好保密工作，别让朝廷的贪官们知道，否则他们会蜂拥跑来海南夺食。

苏轼是一位美食家，即使在最艰难的时刻，他也能想出办法找到人间的至味。在水产品中，他最钟情两样：一是鲥鱼，二是河豚。他有一首著名的诗《惠崇春江晚景二首（其一）》[3]，主角就是河豚。

竹外桃花三两枝，春江水暖鸭先知。
蒌蒿满地芦芽短，正是河豚欲上时。

众所周知，河豚含有剧毒，但味道鲜美。苏轼对此念念不忘，他把河豚和江南春天的美景联系到一起，对河豚的爱显而易见。

苏轼住常州时，当地有一士绅特地烧了河豚邀请他上门品尝，士绅家中的女眷全都躲在屏风后面，想听这

位大名人如何发表吃后感言，却见苏轼埋头大吃，一言不发。女眷正有些失望，忽然听见苏轼夹着一大块河豚肉送入口里，并大声道："也值一死。"众人才莞尔一笑，宾主尽欢。

相比有毒的河豚，鮰鱼就安全多了。苏轼云：

粉红石首仍无骨，雪白河豚不药人。
寄语天公与河伯，何妨乞与水精鳞。

这首《戏作鮰鱼一绝》[4]中说的"粉红石首"，就是鮰鱼。因为它总是栖息在石洞中伸出头，好像石头长出了脑袋，所以也叫石首。也有一种说法是，苏轼途经湖北石首，吃了久负盛名的石首鮰鱼，听了前所未闻的石首民谣"鮰鱼石首有，名字叫石首，白天栖石洞，晚上戏回流"，才有了这首诗。

但无论是河豚，还是鮰鱼，其实苏轼并不常吃到。

河豚

他在海南时用丰富的想象下酒，写了吃货的名篇《老饕赋》[5]：

尝项上之一脔，嚼霜前之两螯。烂樱珠之煎蜜，滃杏酪之蒸羔。蛤半熟而含酒，蟹微生而带糟。

小猪颈后部那一小块肉是最好的，吃螃蟹只选霜冻前最肥美的螃蟹的两只大螯。把樱桃放在锅中煮烂煎成蜜，羊羔用杏汤蒸熟。蛤蜊要半熟的时候就着酒吃，螃蟹则要和着酒糟蒸，稍微生些吃。

寥寥几笔，使一个又挑剔又有追求的美食家形象活灵活现，但真实的苏轼很可怜。他写这篇赋时，是在被贬海南之后的 1099 年。当年四月，正赶上海南岛大旱，米价暴涨。为了解决断粮之忧，苏轼想起道家有一种"龟息辟谷法"，就是模仿乌龟的呼吸，每天迎着初升的太阳吞咽阳光，与口水一起服下。据说不但不饿，还能强身健体。苏轼写下这个方子，和儿子一起练习。

被贬雷州的弟弟苏辙给他来信。弟弟在信里说，自己无肉可吃，体重骤减，瘦了很多。苏轼写了一首《闻子由瘦（儋耳至难得肉食）》[6]回赠说，这里的情况比他那边更糟。土著居民一日三餐都吃掺有红薯、芋头的米饭。苏轼想吃肉，他们就给推荐烤老鼠和烧蝙蝠，这该让他如何下咽呢？以前苏轼听到刚出生的老鼠的声音就会恶心想吐，现在偶尔会入乡随俗吃点蛙肉。

最后苏轼还跟弟弟开玩笑说：

> 海康别驾复何为，帽宽带落惊僮仆。
> 相看会作两臞仙，还乡定可骑黄鹄。

未来某一天，兄弟俩一定会瘦成清癯的仙人，骑在黄鹄身上飞回故乡去。

苏轼是美食家不错，但和那种非山珍海味不吃的美食家不同，他对饮食的态度是宽容的、平等的。

相看會作雨朧仙

還鄉定可騎黃鵠

一三一

北宋的时候，猪肉是鄙贱之物，有钱人根本看不上。在黄州，生活窘迫的苏轼看到猪肉便宜，于是研究如何烹饪，最后大获成功。他写了一篇《猪肉颂》记录这件事：

净洗铛，少著水，柴头罨烟焰不起。
待他自熟莫催他，火候足时他自美。
黄州好猪肉，价贱如泥土。贵者不肯吃，贫者不解煮。
早晨起来打两碗，饱得自家君莫管。

这道红烧猪肉，后来成为一道名菜，那就是我们今天吃的"东坡肉"。

苏轼还用荠菜、萝卜和米制成粥食用，命名为"东坡羹"，他在《东坡羹颂》[7]中说："东坡羹，盖东坡居士所煮菜羹也。不用鱼肉五味，有自然之甘。"

"自然"是苏轼在诗文里经常会提到的一个词。这是他的饮食哲学。也是生活哲学。

苏轼在饮食上到底给我们留下了什么？仅仅是东坡肉和东坡羹吗？不是的，苏轼把温暖的爱恋、仁慈、充实和美好注入我们的肠胃和心灵。

　　苏轼讲究饮食，却反对杀生。他虽然做不到完全素食，但只吃"自死物"，不因口腹之欲而杀害生灵。

　　从到黄州开始，苏轼就在学习如何做一个菜农。每到一地，他都打理出一个菜园子。苏轼对各种菜蔬都带着浓厚兴趣，乐于研究和种植，"早韭欲争春，晚菘先破寒"[8]。眼看着菜一点点长大，甚至舍不得吃，"未忍便烹煮，绕观日百回"[9]。而吃下自己种的菜蔬后，他写道："人间无正味，美好出艰难。"

　　剖析苏轼的饮食之旅，我们仿佛看到，这也是他的人生之旅。苏轼如何在黄州安然自得地吃着东坡肉，如何在各处的漂泊无定中，喝一碗普通的菜羹。在自己的菜园，他弯下腰去，心情愉快地干活……这一切，已经

东坡肉

和他热爱的美食融为一体。

细雨斜风作晓寒，淡烟疏柳媚晴滩。入淮清洛渐漫漫。

雪沫乳花浮午盏，蓼茸蒿笋试春盘。人间有味是清欢。

这是很多人都喜欢的苏轼的一首词，《浣溪沙·细雨斜风作晓寒》[10]。作家林清玄说，苏轼的"清欢"是生命的减法。愿我们在舍弃了世俗的追逐和欲望的捆绑之后，都能和苏轼一样，回到最单纯的喜欢，找到生命里最本真的味道。

食盒

采欢轩

1.《初到黄州》作于元丰三年（1080 年），当时苏轼刚到黄州，暂居于定惠院，和僧人一起生活。全诗及白话译文如下：

初到黄州

苏轼

自笑平生为口忙，老来事业转荒唐。

长江绕郭知鱼美，好竹连山觉笋香。

逐客不妨员外置，诗人例作水曹郎。

只惭无补丝毫事，尚费官家压酒囊。

我常嘲笑自己的一生为嘴到处奔忙，老了发现自己的事业也变得越来越荒唐。长江环绕城郭，我深知江鱼味道很鲜美；连绵青山上长着茂林修竹，我只觉闻到阵

阵笋香。被贬谪客居的人不妨当成员外官员一样安置，
而诗人的惯例都是做做水曹郎。只惭愧我对政事没有任
何帮助，还要耗费朝廷的俸禄领取酒囊。

2.《惠州一绝》全诗及白话译文如下：

惠州一绝

苏轼

罗浮山下四时春，卢橘杨梅次第新。

日啖荔枝三百颗，不辞长作岭南人。

罗浮山下四季如春，枇杷和杨梅天天都有新鲜的。
如果每天能吃三百颗荔枝，我愿意永远做岭南人。

3.《惠崇春江晚景二首（其一）》全诗及白话译文如下：

惠崇春江晚景二首（其一）

苏轼

竹外桃花三两枝，春江水暖鸭先知。

蒌蒿满地芦芽短，正是河豚欲上时。

竹林外的桃花开了三两枝，鸭子们先知道，春天的江水暖起来了，它们在江水里嬉戏。蒌蒿满地，芦苇开始抽芽，正是河豚将要顺江洄游而上的时候。

4.《戏作鮰鱼一绝》全诗及白话译文如下：

戏作鮰鱼一绝

苏轼

粉红石首仍无骨，雪白河豚不药人。

寄语天公与河伯，何妨乞与水精鳞。

像粉红的石首鱼，没有那么多恼人的鱼刺。像雪白的河豚，却又不会把人毒死。

天公，河伯，请听我说，这么好的鱼请再多送给我们一些。

5.《老饕赋》全文及白话译文如下：

老饕赋

苏轼

庖丁鼓刀，易牙烹熬。水欲新而釜欲洁，火恶陈而薪恶劳。九蒸暴而日燥，百上下而汤鏖。尝项上之一脔，嚼霜前之两螯。烂樱珠之煎蜜，潋杏酪之蒸羔。蛤半熟而含酒，蟹微生而带糟。盖聚物之夭美，以养吾之老饕。婉彼姬姜，颜如李桃。弹湘妃之玉瑟，鼓帝子之云璈。命仙人之萼绿华，舞古曲之《郁轮袍》。引南海之玻瓈，酌凉州之蒲萄。愿先生之耆寿，分余沥于两髦。候红潮于玉颊，惊暖响于檀槽。忽累珠之妙唱，抽独茧之长缲。闵手倦而少休，疑吻燥而当膏。倒一缸之雪乳，列百椀之琼艘。各眼滟于秋水，咸骨醉于春醪。美人告去，已而云散；先生方兀然而禅逃。响松风于蟹眼，浮雪花于兔毫。先生一笑而起，渺海阔而天高。

要有好的厨师，庖丁来操刀，易牙来烹调。用的水要新鲜，锅和碗等厨具一定要洁净，柴火也要烧得恰到好处。食物经过多次蒸煮晒干待用，在锅中慢慢地用文火煎熬。食物也要精致讲究：吃猪肉要选择小猪颈后部那一小块，吃螃蟹选霜冻前最肥美的螃蟹的两只大螯。把樱桃放在锅中煮烂煎成蜜最佳，羊羔用杏汤蒸熟。蛤蜊要半熟，螃蟹要微生，这两样海鲜就着酒吃都不错。多吃这些好东西，我就会变成一个老食客。宴席开始后，由端庄大方、艳如桃李的美人弹奏湘妃的玉瑟，敲响尧帝女儿的云锣。并请仙女萼绿华就着《郁轮袍》优美的曲子翩翩起舞。要用珍贵的南海玻璃杯斟上凉州的葡萄美酒。托您高寿的福，请分享一些酒给我。歌女粉腮泛起红潮，琵琶弹出妙曲。忽然又听到大珠小珠落玉盘似的美妙的歌唱。可怜手缺少休息已经疲惫，怀疑嘴唇干燥应涂上油膏。倒一缸雪乳般的香茗，摆一船香气扑鼻的美酒。一个个都喝得望穿秋水，一个个都被灌得骨醉唇香。美人都已如云散去，先生才猛然醒来。此时，水正烹煮到火候，冒出蟹眼大小的水泡。水发出的声音，像风吹过松林。用它冲泡以兔毫盏盛的茶，泛起乳白泡沫。先生大笑着起身，顿觉海阔天高。

6.《闻子由瘦（儋耳至难得肉食）》全诗及白话译文如下：

闻子由瘦（儋耳至难得肉食）

苏轼

五日一见花猪肉，十日一遇黄鸡粥。

土人顿顿食薯芋，荐以熏鼠烧蝙蝠。

旧闻蜜唧尝呕吐，稍近虾蟆缘习俗。

十年京国厌肥羜，日日奏花压红玉。

从来此腹负将军，今者固宜安脱粟。

人言天下无正味，蝍蛆未遽贤麋鹿。

海康别驾复何为，帽宽带落惊僮仆。

相看会作两臞仙，还乡定可骑黄鹄。

你（苏辙）来信说，在那边五天吃一次花猪肉，十天吃一次黄鸡粥。

我这边情况更糟。这边的土著居民顿顿都吃薯芋，还推荐我吃熏老鼠、烧蝙蝠。

我以前听说当地人吃蜜饲的老鼠，我就恶心得想吐。如今入乡随俗，我偶尔也吃点蛙肉。

十年在京城，每天都山珍海味，连肥嫩的羊羔都吃得厌倦了。而且每天还有糕点和水果解腻。

从前肚子辜负了自己，现在正好吃糙米回敬肚子。

人们都说，天下没有绝对的好味道。蜈蚣害怕的味道反而麋鹿会喜欢。

面对这种情况，海康别驾你还能怎么办呢？照这么下去，你只会瘦得帽宽带落，吓着仆人。

等哪一天还乡去，我俩就可以像两位清瘦的仙人，骑在黄鹄身上飞回。

7.《东坡羹颂》全文及白话菜谱如下：

东坡羹颂

苏轼

东坡羹，盖东坡居士所煮菜羹也。不用鱼肉五味，有自然之甘。其法以菘，若蔓菁、若芦菔、若荠，皆揉洗数过，去辛苦汁。先以生油少许涂釜缘及瓷碗，下菜汤中。入生米为糁，及少生姜，以油碗覆之，不得触，触则生油气，至熟不除。其上置甑，炊饭如常法，既不可遽覆，须生菜气出尽乃覆之。羹每沸涌，遇油辄下，又为碗所压，故终不得上。不尔羹上薄饭，则气不得达

而饭不熟矣。饭熟，羹亦烂，可食。若无菜，用瓜、茄，皆切破，不揉洗，入罨，熟赤豆与粳米半为糁。余如煮菜法。应纯道人将适庐山，求其法以遗山中好事者。以颂问之：

甘苦尝从极处回，咸酸未必是盐梅。问师此个天真味，根上来么尘上来？

东坡羹具体做法翻译成白话，大致如下：

第一步，将白菜、大头菜、萝卜、荠菜等切碎，并反复揉洗干净，去除苦味。

第二步，在大锅壁上及瓷碗上涂抹少许生油，然后把上述食材下到开水里。

第三步，放米，放少许生姜，用油碗覆盖，但不触碰菜羹，否则会有生油味。

第四步，将盛米的甑放在锅上，仍像平常那么蒸饭，但不要立即盖上锅盖，等到菜熟后再盖上锅盖。菜羹煮熟时必然上溢，但因锅壁涂有生油，又有油碗覆盖，因此不会外溢。蒸汽上升，米饭也就熟了。

第五步，饭熟，羹也可以吃了，一举两得。

苏轼做的东坡羹价廉物美，方便快捷，而且保持了自然真味，正如苏轼在最开头说的，"不用鱼肉五味，有自然之甘"。

　　8. "早韭欲争春，晚菘先破寒"出自《和陶西田获早稻》，同第一章注释15。

　　9. "未忍便烹煮，绕观日百回"出自《和陶下潠田舍获》。全诗及白话译文如下：

和陶下潠田舍获
苏轼
聚粪西垣下，凿泉东垣隈。
劳辱何时休，宴安不可怀。
天公岂相喜，雨霁与意谐。
黄菘养土膏，老楮生树鸡。
未忍便烹煮，绕观日百回。
跨海得远信，冰盘鸣玉哀。
茵蔯点脍缕，照坐如花开。

一与蚕叟醉，苍颜两摧颓。

齿根日浮动，自与粱肉乖。

食菜岂不足，呼儿拆鸡栖。

在西垣下堆积粪肥，在东垣之下凿泉。

劳苦之事什么时候停止，安逸享乐的事情不可贪求。

老天似乎是偏爱我，让雨停止，恰合我意。

肥沃的土地上黄菇茂盛，老楮树上也长出了木耳。

不忍心把它们采摘和烹煮，绕着它们，喜欢它们，看了一次又一次。

得到海那边寄来的远方的书信，连月亮似乎也发出悲痛的哀鸣。

茵蔯点缀着丝丝缕缕的鱼肉，照耀着在座的我，如花般开放。

和老翁喝酒喝醉了，我们俩苍老的容颜真是饱受摧残啊。

我的牙齿日益松动，已经吃不动肉。

吃菜我就很满足了，索性叫儿子把鸡窝也拆掉，从此不再养鸡。

10.《浣溪沙·细雨斜风作晓寒》全文及白话译文如下：

浣溪沙·细雨斜风作晓寒

苏轼

元丰七年十二月二十四日，从泗州刘倩叔游南山。

细雨斜风作晓寒，淡烟疏柳媚晴滩。入淮清洛渐漫漫。

雪沫乳花浮午盏，蓼茸蒿笋试春盘。人间有味是清欢。

元丰七年十二月二十四日，跟泗州刘倩叔一起游览南山。

冬天早晨的细雨斜风让天气微寒，淡淡的烟雾和稀疏的杨柳使初晴后的沙滩更妩媚。洛涧入淮后，水势一片茫茫。

乳白泡沫的好茶伴着新鲜如翡翠般的春蔬，这野餐的味道着实不错。而人间真正有滋味的，还是清淡的欢愉。

读为
诗你
THE POEM FOR YOU

第六章

家风：守护苏轼的童年

喜欢苏轼的人里，不仅有与他同时代的人，也有后来者。我们不禁想问：为什么在宋朝，会诞生这么一位有魅力的人物？在今天，还会不会诞生"第二个苏轼"？

　　探讨这个话题，不是想在当下这个时代"复刻"一个苏轼，只是想确认，苏轼到底展现了人身上哪些珍贵的东西，才让我们在今天仍然铭记和怀念？

　　在这一章里，我们聚焦于家庭环境对苏轼的影响。透过诗文，看一看是谁给他帮助，使他建立起一条连接未来的精神通道，使他得以在多年后即使身处人生谷底，也有一种免于崩溃的力量。是谁，在守护苏轼的童年？

1095 年，苏轼被贬在惠州。苏州定慧禅院的长老守钦禅师让弟子前去探望，苏轼回赠禅师一首诗。在苏轼成百上千的诗词作品中，这首诗朴实无华，却有震撼人心的力量。

　　左角看破楚，南柯闻长滕。

　　钩帘归乳燕，穴纸出痴蝇。

　　为鼠常留饭，怜蛾不点灯。

　　崎岖真可笑，我是小乘僧。

　　在《次韵定慧钦长老见寄八首（其一）》这首诗里，苏轼提到如何对待四种最不起眼的小动物：钩着窗帘，为了让乳燕能归来；看到不慎撞在窗纸上的苍蝇，打开窗户让它出去；给老鼠时常留点饭菜，让它别饿着；夜里不点灯，怕飞蛾扑火而无端死亡。

　　在经历了"乌台诗案"，被贬黄州，又被贬惠州后，苏轼多次陷入人生的绝境。但他心里，始终装着被别人

视而不见的微小生命。

这是一种慈悲，一种伟大的同情。它贯穿于苏轼的一生。而苏轼的这种人道主义，可以追溯至母亲程氏对他从小的教育。

当年苏轼还在眉山老家时，他的书房前种有翠竹松柏以及花草，郁郁葱葱地长满庭院，许多鸟在上面筑巢。母亲程氏很痛恨杀生，嘱咐家里的小孩、奴仆，谁都不要捕捉鸟雀。

几年之间，鸟雀们已经将巢建在花木的低枝上。苏轼和弟弟苏辙不用抬头，就可以看到鸟巢里孵的小鸟。另外，还有一种叫桐花凤 [1] 的美丽小鸟，平时很难见到，但它们成群结队地出现在苏轼家的院子里，时而飞翔，时而憩息，并不怕人。街坊邻里很是羡慕，也对这种现象感到奇怪。这样一种鸟和人亲密无间的关系，让苏轼毕生难忘。

桐花凤

苏轼把桐花凤的出现，看作母亲行仁孝之道的结果。他后来回忆说："其实没有什么，只是人的诚心罢了。鸟雀之所以不敢接近人，是因为人往往做出比蛇鼠之类的动物更残暴的事情。"

苏轼从母亲那里学到了仁慈，而母亲做的另一件小事，也影响了苏轼的一生。

在他十岁时，因为父亲苏洵常常游学在外，家庭教育的责任主要落在了母亲程氏的肩上。程氏系出眉山名门，知书达礼。有一次，她教苏轼读《后汉书·范滂传》。

范滂是东汉名士，因为反抗宦官专权，被朝廷缉拿。执行命令的汝南督邮吴导，不忍心去抓这样一位正人君子，于是手捧诏书，把自己关在驿舍中，伏床哭泣。

范滂听说后，当即赶到县里投案，县令郭揖也不忍捉拿他。郭揖走出官衙，要丢下官印和范滂一起逃走，范滂阻止他说："我死，灾祸就可以平息了，怎么敢因为我的罪名连累您，又使得我的老母亲流离他乡呢！"

范母前来和儿子诀别。范滂告诉母亲："有弟弟仲博孝敬您就够了，我跟随先父去黄泉，是死得其所。只是希望母亲大人断绝这难以割舍的恩情，不要再增添悲伤了。"

母亲说："你现在能够与李膺、杜密等名士齐名，死也无遗憾了！一个人已有好名声，再求长寿，怎么可以兼得呢？"

范滂下跪受教，拜别母亲。在场的人，没有不感动流泪的。

于是，范滂死了，年仅三十三岁。

苏轼读了这个故事，十分感动。他突然问母亲："儿

花架

子如果要做范滂，母亲您答应吗？"母亲凛然回答他："你能做范滂，难道我就不能做范滂的母亲吗？"

正是从童年开始，苏轼树立起了为真理不惜以死抗争的志向。后来，他长大成人，无论顺境还是逆境，无论在朝堂之上还是被贬到天涯海角，他的一言一行，都在践行当初对母亲许下的诺言。

童年的苏轼，除受母亲的影响以外，父亲苏洵[2]对他也起了重要的作用。

苏洵少时喜欢到处游荡，直到二十七岁才开始认真读书。他开始反对形式华美绮丽而思想空洞的应试文章，把自己之前数年模仿别人写作的几百篇浮华怪涩的文章一把火烧了，取出《论语》《孟子》等经典书籍来从头再读。

在苏洵六年多的书斋苦读生涯里，他封了笔砚，发誓读书不成熟时，不写任何文章。等重新拿起笔时，他

又强调我手写我心，主张文章应"有为而作""言必中当世之过"。苏洵也以此来要求两个儿子。

因此，苏轼从开始拿起笔的那一天起，就对空洞而没有实用性的文章本能地排斥。他的写作，永远直击人内心深处。后来，他和弟弟进士及第，写的文章和欧阳修所要力矫时弊、重振文风的心愿完全一致，也难怪欧阳修对苏轼的文章非常喜欢，认定苏轼将代替自己，成为北宋新一代文坛领袖。

苏轼也深受祖父苏序的影响。后来，苏轼成为文坛泰斗，官居翰林学士，住在皇城开封。一天，几位至交以及仰慕他的人前来拜访，那天正好是祖父的寿诞，苏轼向来客充满深情地回忆起自己的祖父。

祖父苏序[3]人品不凡。一次，他的二儿子、苏轼的伯父苏涣[4]高中进士。而苏洵的妻子程氏一族同样也有子弟考中了，这是双喜临门的好事。程家非常富有，遇见这样的喜事，自然要大操大办庆祝一下。但苏序并无此意。

京城送来喜报的那一天，常与村夫野老在青草地上席地而坐、饮酒高歌的苏序，正和人喝得酩酊大醉，手上还抓着大块牛肉往嘴里送。知道父亲不会准备这些东西，苏轼的伯父苏涣便派人从京城给他寄来了太师椅、茶壶、笏板、官衣官帽等器物。

老头苏序明白以后，拿起喜报，向朋友们宣读完，便把吃剩的牛肉扔在行李袋里，与喜报、官服官帽装在一起。他叫来一个村童替他挑担，自己骑着驴子一同回家去。街上的人都听说了苏家中了进士的新闻，以为会有热闹的迎接场面，没想到等来的是一个酩酊大醉的老人骑着驴子，后面跟着一个童子挑着两个行囊，都大笑不已。

一个父亲一生最荣耀的时刻，却以如此简单的方式

投壺

结束了。程家觉得丢人，许多外人也看不懂，而苏轼却对他的朋友说，只有高雅不俗的人才会欣赏他祖父质朴无华的自然之美。

林语堂在《苏东坡传》里评价苏轼的祖父："这位不识字的老汉的智慧才华，原是在身上深藏不露的，结果却在他儿子的儿子的身上光荣灿烂地盛放了。身心精力过人的深厚，胸襟气度的开阔，存心的纯厚正直，确都潜存在老人的身上。"

这就是造化的神奇之处。想想后来，苏轼被贬黄州，在沙湖道上遭遇大雨，没有雨具，同行的人都很狼狈。只有苏轼一边悠然徐行，一边吟唱："竹杖芒鞋轻胜马，谁怕？一蓑烟雨任平生。"从苏轼这些行为上，我们似乎能看到祖父苏序的影子。

这样一个大家庭，或许正适合苏轼这种富有文学天赋的孩童生长：向母亲学习善良、仁爱、同情；向父亲

学习诚实的写作，并对世界发出独特的声音；向祖父学习质朴、幽默、洒脱，苏轼就这么长大了。

苏轼将成为一个伟大的人物吗？他的才华将光照千古吗？苏轼的亲人可能从未想过这个问题。他们只是把自己生命中最宝贵的东西给了他，并陪伴他走完了人生中最初的那段路。

童年以后的人生道路，前方等待着苏轼的，有光明，也有黑暗。而在茫茫黑暗里，家庭留给他的财富，将支撑他抵达下一个光明时刻。

读诗为你
THE POEM FOR YOU

采欢轩

1.桐花凤，鸟名，即蓝喉太阳鸟。以暮春时栖集于桐花而得名。

2.苏洵（1009—1066），字明允，一说自号老泉，眉州眉山（今属四川）人，北宋文学家，与其子苏轼、苏辙并以文学著称于世，合称"三苏"，均被列入"唐宋八大家"。苏洵擅长散文，尤其擅长政论，议论明畅，笔势雄健，有《嘉祐集》传世。

3.苏序（973—1047），从小性格比较顽皮，不喜读书，略知大意而已。长大后容貌英伟，为人慷慨，乐善好施，不求报答。

4.苏涣（1001—1062），初字公群，后改字文父，眉州眉山（今属四川）人，苏洵兄，苏轼伯父。善为诗，有诗千余篇，题曰《南麾退翁》；又有杂文、书启、章奏若干卷；并有《苏氏怀章记》一卷，记平生所历仕宦，今俱失传。《全宋诗》卷二三一录其诗一首。其故事见苏辙《伯父墓表》（《栾城集》卷二五）。

为你
读诗
THE POEM FOR YOU

第七章

吃茶：一碗清水

煎红尘

第五章里，我们说过苏轼是个吃货。他曾写过一篇极富想象力的与吃有关的文章《老饕赋》。所谓"老饕"，就是爱吃的人。从这个层面上来说，苏轼还是个茶饕。有诗为证：

　　　活水还须活火烹，自临钓石取深清。
　　　大瓢贮月归春瓮，小杓分江入夜瓶。
　　　雪乳已翻煎处脚，松风忽作泻时声。
　　　枯肠未易禁三碗，坐听荒城长短更。

　　《汲江煎茶》这首诗，是苏轼被贬海南儋州时所作。为了喝好茶，他晚上跑到江边钓石上，取又深又清的江水，也不怕掉到水里。他用大瓢舀被月光照着的江水，倒进

壺盞

瓮里，好像把月亮也贮藏了。回到家，生炉煎茶，茶沫如雪白的乳花般翻滚，沸声似松林间狂风大作。

煎好后，他不顾空腹，连喝三大碗。茶香清新醇美，完了，失眠了，只好坐着听打更的声音等待天明。

古往今来，这应该是写喝茶最生动传神的句子，道尽了茶的种种魅力，茶撩拨着苏轼，也撩拨着今天的我们。

茶，总是出现在关键时刻。长路漫漫，苏轼想喝茶："酒困路长惟欲睡，日高人渴漫思茶。敲门试问野人家。"[1] 睡觉前，苏轼想喝茶："沐罢巾冠快晚凉，睡余齿颊带茶香。"[2] 在梦里，苏轼也离不开茶。他醒来后还为此写了一首诗，诗序曰："十二月二十五日，大雪始晴，梦人以雪水烹小团茶，使美人歌以饮。"[3]

茶，是苏轼的知己、爱人，所谓"戏作小诗君一笑，从来佳茗似佳人"[4]。茶，也让苏轼懂得，"且将新火试新茶。诗酒趁年华"。

苏轼不仅品茶、煎茶、磨茶，还种茶。在《种茶》一诗中，苏轼把一棵被遗弃的百年老茶树移栽到自己的园子里。在他的呵护下，老茶树重现活力，长出了优质的茶叶。

苏轼离不开茶。被贬黄州时，他经济拮据，生活困顿。老朋友马梦得好不容易替他向官府领到一块废弃的荒地。苏轼亲自耕种，种上黄桑、稻麦、枣树、栗树若干棵以后，仍不忘记向朋友讨桃花茶的种子来种。他遐想与朋友品茗、讨论人生的场面，禁不住自嘲："饥寒未知免，已作太饱计。"[5]

苏轼是品茶的行家。他知道，茶需好水，"精品厌凡泉"[6]。任杭州通判时，友人送龙团茶和被陆羽评为天下第一的庐山康王谷水，他激动不已，写诗道："此水此茶俱第一，共成三绝景中人。"在天下第一水的倒映下，

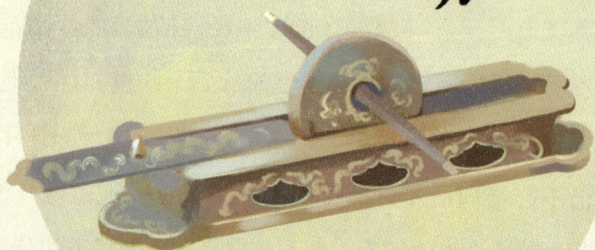

茶碾

苏轼喜悦的脸，与水、茶一起，共成"三美"。苏轼有点臭美了。

苏轼还知道，喝茶要找对的人。与不合适的人一起喝茶，仿佛坐牢。

有一次，在海南，天气很好，苏轼写信给姜唐佐，邀请他来喝茶。姜唐佐是苏轼在海南办学时收的得意门生，很得他的喜爱。

可是，信刚送出，又通知有官差要来约见，于是不得不取消品茶之约。但苏轼仍不死心，写信给姜唐佐说："如果会见结束得早，你还能过来一起饮茶吗？"

苏轼热心于与师友同道分享自己的好茶。在京城做翰林学士时，苏轼曾喝过一种非常名贵的茶，叫"密云龙"[7]。这茶为福建特产，仅供皇帝和皇太后享用。皇帝知道苏轼爱茶，有时也赏赐一点给他。苏轼便把这种名

茶珍藏起来，唯有最得意的门生来到家中，他才吩咐家人取出，作为会客之用。

苏轼曾写过一首很美的词《行香子·茶词》[8]，专门歌颂"密云龙"：

绮席才终。欢意犹浓。酒阑时、高兴无穷。共夸君赐，初拆臣封。看分香饼，黄金缕，密云龙。

斗赢一水，功敌千钟。觉凉生、两腋清风。暂留红袖，少却纱笼。放笙歌散，庭馆静，略从容。

苏轼喝过最昂贵的茶，也喝过最普通的茶，他更经历过无茶可喝、性命难保的时刻。无论怎样的人生境遇，苏轼都平静对待。他像对待生活一样，对待每一杯递到自己手中的茶。

有一年，朋友蒋夔送来珍贵名茶，妻子不懂，放了姜盐进去。但苏轼没有责怪，他说："我生百事常随缘，四方水陆无不便……老妻稚子不知爱，一半已入姜盐煎。
人生所遇无不可，南北嗜好知谁贤……"[9]

　　苏轼对茶的理解很宽容，就像对人生很宽容一样。
而茶，也从一种实际的用途和高低贵贱的品评中解脱出
来，变成了由绚烂归于平静的人生况味。

　　因为苏轼说过："乳瓯十分满，人世真局促。"

　　品茶，就是品味人生。

采欢轩

1."酒困路长惟欲睡，日高人渴漫思茶。敲门试问野人家"出自《浣溪沙·簌簌衣巾落枣花》。全词及白话译文如下：

浣溪沙·簌簌衣巾落枣花

苏轼

簌簌衣巾落枣花，村南村北响缫车。牛衣古柳卖黄瓜。

酒困路长惟欲睡，日高人渴漫思茶。敲门试问野人家。

衣巾上沾满飘落的枣花，山村里缫车缫丝的声音此起彼伏。古柳树下，衣着简陋的菜农在叫卖黄瓜。

路途遥远，酒后走在路上昏昏欲睡，只想小憩一番。

太阳高悬头顶，口渴难耐，于是试着敲门，向农家讨一碗清茶喝。

2."沐罢巾冠快晚凉，睡余齿颊带茶香"出自《留别金山宝觉圆通二长老》。全诗及白话译文如下：

留别金山宝觉圆通二长老

苏轼

沐罢巾冠快晚凉，睡余齿颊带茶香。
舣舟北岸何时渡，晞发东轩未肯忙。
康济此身殊有道，医治外物本无方。
风流二老长还往，顾我归期尚渺茫。

傍晚的天气愈加凉爽，沐浴后抓紧穿上衣服。睡醒后，感觉口中还残留着茶汤的余香。

停靠在江河北岸的小船，什么时候才来渡我？我坐在向阳的廊檐下，悠闲地晒着头发。

在治愈自己的身体方面，我有特殊的本领。但对治疗外物，却没有任何方法。

宝觉和圆通二位长老经常往来；我的归去之期，却还非常渺茫。

3."十二月二十五日，大雪始晴，梦人以雪水烹小团茶，使美人歌以饮"出自《记梦回文二首》。其诗如下：

记梦回文二首

苏轼

酡颜玉碗捧纤纤，乱点余花唾碧衫。歌咽水云凝静院，梦惊松雪落空岩。

空花落尽酒倾缸，日上山融雪涨江。红焙浅瓯新活火，龙团小碾斗晴窗。

这是两首回文诗。又可倒读出下面两首，极为别致。

其一：岩空落雪松惊梦，院静凝云水咽歌。衫碧唾花余点乱，纤纤捧碗玉颜酡。

其二：窗晴斗碾小团龙，火活新瓯浅焙红。江涨雪融山上日，缸倾酒尽落花空。

4. "戏作小诗君一笑,从来佳茗似佳人"出自《次韵曹辅寄壑源试焙新芽》。全诗及白话译文如下:

次韵曹辅寄壑源试焙新芽

苏轼

仙山灵草湿行云,洗遍香肌粉未匀。

明月来投玉川子,清风吹破武林春。

要知冰雪心肠好,不是膏油首面新。

戏作小诗君一笑,从来佳茗似佳人。

在仙境般的茶山上,流动着的云雾滋润了灵草般的茶芽。山之清,雾之多,洗遍了嫩嫩的茶芽。

你把壑源出产的、这样好的像圆月般的团茶寄给我,我不觉清风生两腋,感受到杭州的春意。

要知道此茶天生丽质,品质优美,并不凭借脂粉装扮一新。

我写下此诗,让你见笑了,实在是自古好茶犹如佳人美女,让人神魂颠倒。

5. "饥寒未知免，已作太饱计"出自《问大冶长老乞桃花茶栽东坡》。全诗及白话译文如下：

问大冶长老乞桃花茶栽东坡

苏轼

周诗记苦荼，茗饮出近世。

初缘厌梁肉，假此雪昏滞。

嗟我五亩园，桑麦苦蒙翳。

不令寸地闲，更乞茶子艺。

饥寒未知免，已作太饱计。

庶将通有无，农末不相戾。

春来冻地裂，紫笋森已锐。

牛羊烦诃叱，筐筥未敢睨。

江南老道人，齿发日夜逝。

他年雪堂品，空记桃花裔。

周朝的《诗经》里写到茶，但真正饮茶还是从近世开始的。

最初是厌倦了精美的饭食，想通过喝茶获得提神醒脑、怡情养性的功效。

感慨朋友帮我找到土地。这五亩的园子里，如今桑麦等作物都种上了。

但我还舍不得闲下一小块空地，于是兴致勃勃地向你来讨一棵茶树种。

反思自己，我的饥寒还没有完全免除，就想着吃饱以后经营种茶、饮茶的事了。

只希望互通有无，农事和末事不要互相排斥、彼此矛盾。

春天，大地开裂，茶的紫尖纷纷冒出头来。

牛羊想必已经对我的呵斥厌烦了吧！我背着采茶的筐，只关注茶叶的生长，不敢关注别的。

我这个老道人，流浪到江南，马齿徒增，日月流逝。

待到他年在雪堂品桃花茶时，我不会忘记你赠送的栽在东坡上的那株桃花茶树。

6."精品厌凡泉"出自《焦千之求惠山泉诗》。全诗及白话译文如下：

焦千之求惠山泉诗

苏轼

兹山定空中，乳水满其腹。

遇隙则发见，臭味实一族。

浅深各有值，方圆随所蓄。

或为云汹涌，或作线断续。

或鸣空洞中，杂佩间琴筑。

或流苍石缝，宛转龙鸾蹙。

瓶罂走四海，真伪半相渎。

贵人高宴罢，醉眼乱红绿。

赤泥开方印，紫饼截圆玉。

倾瓯共叹赏，窃语笑僮仆。

岂如泉上僧，盥洒自捵掬。

故人怜我病，蒻笼寄新馥。

欠伸北窗下，昼睡美方熟。

精品厌凡泉，愿子致一斛。

那偌大的惠山腹内，一定空旷无边，贮满无穷无尽、清澈甘甜的泉水。

遇到缝隙就跑出来，它们都来自同一个源头。

有些泉水深，有些泉水浅，有的蓄成方形，有的蓄成圆形。

一会儿如汹涌的云海，一会儿如断断续续的细线。

泉水淙淙，好像在空洞中鸣响，如琴瑟和鸣。

泉水在石头缝隙中流淌，宛如飞龙走凤。

把惠山泉水装在瓶子里，带着它走到全国各处；真的、假的泉水也混淆在其中。

尊贵的主人举行完盛大的宴会，人人醉眼蒙眬，都分不清各种颜色了。

仆人开启瓶口封泥，取来各式茶饼。

从大瓶里倾倒泉水，宾客一片赞叹，仆人在一旁偷笑。

喝水这么煞有介事，哪里比得上惠山僧人的潇洒，他们用泉水盥洗、洒扫，随手掬起一捧清泉，尽兴饮啜。

老朋友怜惜我患了疾病，用蒻笼为我寄来了这头春新茶。

我躺在北窗之下，白天睡觉睡美了，刚刚醒来。

好茶必须配以好的泉水，所以我写诗向你讨要一斛

山泉水。

7.密云龙：茶名，北宋贡茶。欧阳修《归田录》云："茶之品，莫贵于龙凤，谓之团茶……庆历中，蔡君谟始造小片龙茶以进，其品精绝，谓之小团，凡二十饼重一斤，其价值金二两。然金可有而茶不可得。每因南郊致斋，中书、枢密院各赐一饼，四人分之。官人往往缕金花于其上。盖其贵重如此。"自小团出，而龙凤遂为次矣。元丰年间，有旨造密云龙，其品又加于小团之上。蔡條《铁围山丛谈》云："'密云龙'者，其云纹细密，更精绝于小龙团也。"可见，密云龙乃是茶中极品。

8.《行香子·茶词》全词及白话译文如下：

行香子·茶词
苏轼
绮席才终。欢意犹浓。酒阑时、高兴无穷。共夸君赐，初拆臣封。看分香饼，黄金缕，密云龙。
斗赢一水，功敌千钟。觉凉生、两腋清风。暂留红袖，少却纱笼。放笙歌散，庭馆静，略从容。

华丽的宴席刚刚结束，愉悦的兴致仍然浓厚。喝完酒更加高兴，宴席上的朋友都在夸赞这皇帝赐予的御茶。拆开封印，仔细端详这芳香四溢的密云龙茶饼。它用金线捆扎，十分精美。

比较茶的优劣，再多的酒也可以通过喝茶去醒酒。品茶之后，两腋生风，如临仙境。暂且忘却美人的陪伴和居官的荣辱吧，专心品尝茶味的清幽。笙歌散尽，庭馆变得安静，人也逐渐从容。

9．"我生百事常随缘，四方水陆无不便……老妻稚子不知爱，一半已入姜盐煎。人生所遇无不可，南北嗜好知谁贤……"出自《和蒋夔寄茶》。全诗及白话译文如下：

和蒋夔寄茶

苏轼

我生百事常随缘，四方水陆无不便。

扁舟渡江适吴越，三年饮食穷芳鲜。

金齑玉脍饭炊雪，海螯江柱初脱泉。

临风饱食甘寝罢，一瓯花乳浮轻圆。

自从舍舟入东武，沃野便到桑麻川。

剪毛胡羊大如马，谁记鹿角腥盘筵。

厨中蒸粟埋饭瓮，大杓更取酸生涎。

柘罗铜碾弃不用，脂麻白土须盆研。

故人犹作旧眼看，谓我好尚如当年。

沙溪北苑强分别，水脚一线争谁先。

清诗两幅寄千里，紫金百饼费万钱。

吟哦烹噍两奇绝，只恐偷乞烦封缠。

老妻稚子不知爱，一半已入姜盐煎。

人生所遇无不可，南北嗜好知谁贤。

死生祸福久不择，更论甘苦争蚩妍。

知君穷旅不自释，因诗寄谢聊相镵。

　　我的一生事事随缘，走遍各地。不管是乘船还是坐车、徒步，没有什么不方便的。

　　我乘着小船到了吴越，三年的富足生活让我尝尽天下美食。

吃着肥美白嫩的生鱼片，尝着各种刚刚出水的河鲜海味；在酒足饭饱、午醉初醒的时刻，品一杯清茶。

自从我离开江南的舟船，来到密州，望不尽平川沃野，处处桑麻。

剪了毛的胡羊大得像马一样，谁还记得宴席上鹿角非常腥膻。

我学着像本地人一样吃粟米饭，饮酸酱，有时也把肉块埋在饭下蒸煮，做成所谓"饭瓮"。

我也不再用铜碾碾茶，而是将茶与芝麻、干面放到瓦钵内擂研成细末。

故旧亲友还认为我像从前一样，一直保留着"分茶"的雅趣，执着地分辨沙溪和北苑茶品，沉溺于在斗茶中争赢争胜。

他们用上万的钱财买了上百块紫金花纹的茶饼，精心制作了两幅清丽的诗幅；惟恐路上丢失，还把包裹包得严严实实的。

家人不知爱惜，一半已经放入了姜盐煎煮，破坏了茶的味道。

人的一生，种种事情都可能发生，南北的口味差异也客观存在，难以分清好坏。

　　对我来说，死生祸福都已注定，又何必计较生活的甘苦，以及是丑陋，还是美好。

　　我知道你在穷途之上难以自我开释，所以写了这首诗寄给你，互相砥砺。

读为
诗你

THE POEM FOR YOU

第八章

生死有命：苏轼的
有涯和无涯

全球疫情之下，我们密集地目睹了一个又一个的生命无奈地离去。关于生与死的哲学思考一直是人生中绕不开的话题。

作为有血有肉的平凡人，我们都对死亡有一种畏惧感，苏轼也不例外。苏轼一度对长生不老之术很着迷。我们也常常在他的诗文中发现，在现实之外，他还有一个想象的瑰丽世界。

被贬黄州时，苏轼曾深感苦闷。一天晚上，他和朋友带了酒菜，坐小船到赤壁游玩。苏轼一个人爬上悬崖，俯视深不可测的江水，仰天长啸，一吐胸中闷气。

苏轼在《后赤壁赋》[1]中写道，他忽然看到一只孤鹤横江东来，掠过他们的船头，长鸣向西飞去。后来，他和友人各自散去，当晚梦见一个羽衣蹁跹的道士向他拱手施礼，问他赤壁之游高兴吗。苏轼忽然醒悟，对道士说："当晚飞鸣而过的鹤，就是你吧！"

道士顾笑，予亦惊寤。开户视之，不见其处。

梦醒了，道士不见了，一个缥缈神秘的世界也不见了。但苏轼没有放弃寻找。当他的心灵世界纷纷扰扰时，这个世界就会跳出来，向他发出前往其中的邀请。

苏轼第二次被贬，是去瘴疠遍布的惠州。在路过大庾岭时，苏轼想起这是道教大师葛洪[2]成仙、出产丹砂的地方，心灵世界一下子活跃起来。他觉得这是天意。在惠州，餐霞饮露，服气吐纳，想着能与神仙同化，长生不老，不是很好吗？

他把自己的喜悦汇于笔端，写下《过大庾岭》[3]：

一念失垢污，身心洞清净。

浩然天地间，惟我独也正。

今日岭上行，身世永相忘。

仙人拊我顶，结发授长生。

在到惠州之前，苏轼也学过一些长生之术，但并没有长期坚持。这次被贬岭南，万念俱灰，便决定从此专心学道了。

他开始炼丹。因惠州地处偏僻，炼丹需要的丹砂、硫黄、松脂及炉子等物，都买不到。他便写信给表兄程之才，要其帮忙在广州订购。炼丹的矿物质有毒，一些服用丹药的人因此而死，苏轼也知道其中的危险。他在试验丹药时，也十分警觉。他甚至怀疑炼丹成仙的真实性到底有多大，但总禁不住好奇。

相对于丹药，修炼内丹就显得安全些。内丹是修炼人身体里的丹田之力，调养呼吸吐纳之法。苏轼碰上一

交椅

个海上道人，传给他"以神守气"的方法，他写成歌诀《海上道人传以神守气诀》[4]，与道友吴复古[5]分享：

> 但向起时作，还于作处收。
>
> 蛟龙莫放睡，雷雨直须休。
>
> 要会无穷火，尝观未尽油。
>
> 夜深人散后，惟有一灯留。

这歌诀神秘莫测，不太好懂，但它表明苏轼在内丹学习上，已经有不少体会了。

苏轼不仅炼丹，学习呼吸吐纳之法，还热衷于寻访各种仙药。曾有人送他一种植物，样子如婴儿，指掌俱备，宛然若真。根据葛洪的说法，这是"肉芝"，是一种仙药。葛洪在《抱朴子》"仙药"篇记载："行山中，见小人乘车马，长七八寸者，肉芝也，捉取服之即仙矣。"苏轼把它煮熟了，和弟弟、家人分食，可是并没有脱胎换骨、白日飞升。

苏轼后来总结说：

老蚕作茧何时脱，梦想至人空激烈。
古来大药不可求，真契当如磁石铁。[6]

苏轼承认，成仙不是那么容易的。自己没有成仙，也许是仙缘不够。

到晚年，苏轼越来越喜欢陶渊明，觉得他是自己的异代知己。陶渊明对生死看得很达观。他说："纵浪大化中，不喜亦不惧。应尽便须尽，无复独多虑。"[7] 在陶渊明看来，没有长生不老的事，即使皇帝圣贤也无法永生。人应该顺应自然，不喜不悲，走向生命的尽头。

苏轼赞成陶渊明。他在《和陶神释》[8] 中写道：

仙山与佛国，终恐无是处。
甚欲随陶翁，移家酒中住。

醉醒要有尽，未易逃诸数。

平生逐儿戏，处处余作具。

所至人聚观，指目生毁誉。

如今一弄火，好恶都焚去。

既无负载劳，又无寇攘惧。

仲尼晚乃觉，天下何思虑。

苏轼希望自己和陶渊明一样，能超然于功名利禄之外，不去寻找什么仙山佛国，认真地过好每一天。

1101年，在常州，六十六岁的苏轼大病不起，夜里发着高烧，身体虚弱。他知道这是自己的弥留时刻了。朋友钱世雄给他送来据说具有奇效的药，但苏轼没有服用。

他把三个儿子叫到床前，说："我平生不曾作恶，我相信死了一定不会进地狱。"又说，"到我死的时候，千万不要哭，让我坦然而死吧。"

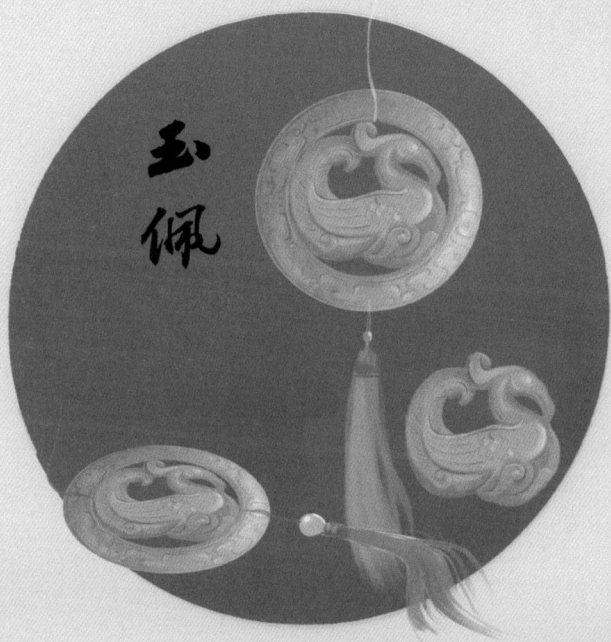

玉佩

苏轼的病情加重，听觉也丧失大半。朋友维琳方丈也专程从杭州赶来看他，附在他耳边大声说："现在，要想来世。"

苏轼回答："西天也许有，空想前往，又有何用？"朋友钱世雄也凑近他的耳朵大喊："现在，你最好还是要作如是想。"

苏轼回答："勉强想就错了。"

那是他最后一句话。

苏轼死了。他的最后一首诗《答径山琳长老》[9]，写在临终前几天，是给维琳方丈的：

与君皆丙子，各已三万日。
一日一千偈，电往那容诘。

大患缘有身，无身则无疾。
平生笑罗什，神咒真浪出。

　　年少时，总觉得时间漫长，人生望不到尽头。年老了，回顾一生，仿佛电光石火，倏忽而过。人总是幻想通过种种办法长久留住自己的生命，那怎么可能？高僧鸠摩罗什临终前还想着通过咒语来延缓死亡的到来，终归徒劳。

　　尽管苏轼也炼丹，也钻研长生不老之术，但其实在内心深处，他始终是一个活在现世的人。他承认生命的有限、死亡的存在，但也不把希望寄托在虚无缥缈的来世。他追求养生，并不是害怕死亡，而是为了尽量活够自己的生命期限。

　　苏轼为什么不害怕死亡呢？也许他和莎士比亚想得一样。莎士比亚说：

所谓生命这东西，究竟有什么值得珍爱呢？在我们的生命中隐藏着千万次的死亡，可是我们对于结束一切痛苦的死亡却那样害怕。

明白了这一点，也就不会害怕最后的死亡了。苏轼人生中的每一次被贬，都是一次死亡，都是对他生命热情的绞杀和扑灭；朋友、亲人、爱人的离世，也是他的一次次死亡；而苏轼仍然充满深情地活着，继续他思考、写作、追寻真善美的步伐。而他每一天的一点点努力，都是对自己死亡的一次拯救。

苏轼真的死了吗？将近一千年了，他仿佛还活在我们中间，与我们同在，与这个世界同在。

他在《潮州韩文公庙碑》[10]中说："'……是气也，寓于寻常之中，而塞乎天地之间。'卒然遇之，则王、公失其贵，晋、楚失其富，良、平失其智，贲、育失其勇，仪、秦失其辩，是孰使之然哉？其必有不依形而立，不恃力而行，不待生而存，不随死而亡者矣。故在天为星辰，在地为河岳。幽则为鬼神，而明则复为人。此理之常，无足怪者。"

是的。苏轼正是用这样的浩然之气，达到了人生的永恒。

通过这八章文字，我们共同了解了一个与爱人、家人、朋友为伴的苏轼，也了解了一个爱美食、饮茶、赏花的苏轼。最终，在豁达的生死观念下，这位伟大的文学家、书法家、画家，走完了他的一生，流芳百世。

有些人死了，但他还活着。愿苏轼能给你源源不断的生活勇气。

1.《后赤壁赋》全文及白话译文如下：

后赤壁赋

是岁十月之望，步自雪堂，将归于临皋。二客从予，过黄泥之坂。霜露既降，木叶尽脱，人影在地，仰见明月，顾而乐之，行歌相答。已而叹曰："有客无酒，有酒无肴，月白风清，如此良夜何？"客曰："今者薄暮，举网得鱼，巨口细鳞，状似松江之鲈，顾安所得酒乎？"归而谋诸妇。妇曰："我有斗酒，藏之久矣，以待子不时之需。"

于是携酒与鱼，复游于赤壁之下。江流有声，断岸千尺。山高月小，水落石出。曾日月之几何，而江山不可复识矣！予乃摄衣而上，履巉岩，披蒙茸，踞虎豹，登虬龙，攀栖鹘之危巢，俯冯夷之幽宫，盖二客不能从焉。划然长啸，草木震动，山鸣谷应，风起水涌。予亦悄然而悲，肃然而恐，凛乎其不可留也。反而登舟，放乎中流，听其所止而休焉。

时夜将半，四顾寂寥。适有孤鹤，横江东来，翅如车轮，玄裳缟衣；戛然长鸣，掠予舟而西也。须臾客去，予亦就睡。梦一道士，羽衣蹁跹，过临皋之下，揖予而言曰："赤壁之游乐乎？"问其姓名，俯而不答。"呜呼噫嘻！我知之矣！畴昔之夜，飞鸣而过我者，非子也耶？"道士顾笑，予亦惊寤。开户视之，不见其处。

这年十月十五日，我从雪堂步行出发，将要回到临皋亭去。两位朋友跟随我，一起走过黄泥坂。当时已经降过霜露，树叶也都脱落了，人影映照在地上，仰头就看见明月高挂在天上。环顾四周景致，心情十分快乐，一边走路一边唱起歌来，歌声相应，同声相契。不一会儿，我感叹说："有朋友了，没有酒。即使有酒，也没有菜肴。月光皎洁，凉风习习，怎么度过这么美好的夜晚呢？"朋友说："今天傍晚，撒网捕到一条鱼，嘴大鳞细，好像松江的鲈鱼，但到哪里去弄到酒呢？"我回家和妻子商量，她说："有一斗酒，我珍藏很久了，以

备你不时之需。"

于是我们带上酒和鱼，再次来到赤壁下游玩。长江
的流水发出声响，陡峭的江岸高高耸立。高山上的月亮
显得很小，江水退后，礁石也露了出来。才过了多久，
江山景色已变得不再熟悉。我撩起衣服往上攀爬，踩着
险峻的山岩，分开茂密的草木，蹲在如虎似豹的石头上，
爬上树枝如虬龙般的古树，攀登栖息着鹘鸟的高高的巢
穴，俯视水神冯夷幽居的宫殿，两位朋友不能跟着爬到
高处。我一声长啸，草木震动，山鸣谷应，风起水涌。
我感到寂寞悲伤，又感到紧张恐惧，觉得这里令人畏惧
不可久留。我回到船上，任它在江中任意漂流，随意停泊。

这时已将近半夜，环视四周，寂静无声。正好有一
只孤鹤从东边横越江面飞来。它的翅膀大如车轮，全身
白羽，尾部纯黑，高声地、长久地叫着，擦过我们的小
船，向西飞去。不久朋友们都散去了，我也入睡了。我
梦见一个道士，穿着羽毛的衣服，步履轻快地经过临皋
亭下，向我作揖并说道："赤壁之游快乐吗？"我问他
名字，他低头不答。"啊，我明白了，昨夜，边飞边叫
着经过我们的小船的，不就是你吗？"道士笑起来，我

也惊醒了。我打开门，临皋亭下不见他的踪影。

2.葛洪（约281—341），自号抱朴子，丹阳句容（今属江苏）人，东晋道教理论家、著名炼丹家和医药学家。所著《抱朴子》继承和发展了东汉以来的炼丹法术，对之后道教炼丹术的发展具有很大影响，为研究中国炼丹史以及古代化学史提供了宝贵的史料。

3.《过大庾岭》全诗及白话译文如下：

过大庾岭

苏轼

一念失垢污，身心洞清净。
浩然天地间，惟我独也正。
今日岭上行，身世永相忘。
仙人拊我顶，结发授长生。

我在一念之间没有了污垢，身体和心灵都感到清净。
在天地之间，唯有我正道而行，未改操守。

今天在大庾岭上行过，自己的身世永远不会忘记。

仙人抚摸我的头顶，扎结头发，教授我长生的秘诀。

4.《海上道人传以神守气诀》全诗如下：

海上道人传以神守气诀

苏轼

但向起时作，还于作处收。

蛟龙莫放睡，雷雨直须休。

要会无穷火，尝观未尽油。

夜深人散后，惟有一灯留。

5.吴复古(1004—1101)，字子野，潮州前八贤之一，炮台镇南潮乡创始人。宋神宗年间致仕，皇帝赐号为"远游先生"。苏轼和吴复古交往颇频。吴复古去世时，苏东坡痛其仙逝，作《祭子野文》吊唁。

6."老蚕作茧何时脱，梦想至人空激烈。古来大药不可求，真契当如磁石铁"出自《石芝诗》。其诗如下：

石芝诗

苏轼

土中一掌婴儿新，爪指良是肌骨匀。

见之怖走谁敢食，天赐我尔不及宾。

旌阳远游同一许，长史玉斧皆门户。

我家韦布三百年，只有阴功不知数。

跪陈八簋加六瑚，化人视之真块苏。

肉芝烹熟石芝老，笑唾熊掌嚼雕胡。

老蚕作茧何时脱，梦想至人空激烈。

古来大药不可求，真契当如磁石铁。

7. "纵浪大化中，不喜亦不惧。应尽便须尽，无复独多虑"出自东晋陶渊明的诗《神释》。全诗及白话译文如下：

神释

陶渊明

大钧无私力，万理自森著。

人为三才中，岂不以我故！

与君虽异物，生而相依附。

结托善恶同，安得不相语！

三皇大圣人，今复在何处？

彭祖爱永年，欲留不得住。

老少同一死，贤愚无复数。

日醉或能忘，将非促龄具？

立善常所欣，谁当为汝誉？

甚念伤吾生，正宜委运去。

纵浪大化中，不喜亦不惧。

应尽便须尽，无复独多虑。

自然造化，本没有私心和偏爱，万物自然生长，富
有生机。

人与天地并称"三才"，岂非出于神的缘故！

虽然神、形、影各不相同，但是三者生而相互依附。

交情很好，好恶观念一致，怎么可能不彼此倾诉，
说说自己的心里话呢？

上古时代的三皇人称大圣人，今天又在哪里呢？

彭祖传说活了八百岁，可还会终结，想再留在人间

实在不可能了。

无论是老人还是小孩，是贤达之士还是愚昧之人，都难逃一死，死后没有区别。

整天醉酒或许可以忘忧，但是也容易伤身减寿。

树立善德令人欣慰，身死之后又有谁来赞誉？

老想着这些事，实在有损我的生命。不如顺应天命，任凭命运的摆布。

听从天的安排，顺其自然，既不欣喜，也不忧惧。

命运自有定数，当去便去。不必独自为此多虑。

8.《和陶神释》全诗及白话译文如下：

和陶神释

苏轼

二子本无我，其初因物著。

岂惟老变衰，念念不如故。

知君非金石，安得长托附。

莫从老君言，亦莫用佛语。

仙山与佛国，终恐无是处。

甚欲随陶翁，移家酒中住。

醉醒要有尽，未易逃诸数。

平生逐儿戏，处处余作具。

所至人聚观，指目生毁誉。

如今一弄火，好恶都焚去。

既无负载劳，又无寇攘惧。

仲尼晚乃觉，天下何思虑。

形与影本来都是无我之物，最初都是因为物而存在。

事物瞬息万变，刹那间便不是原先的样子了。

你不是坚固的金石，哪里能长久地依附。

不跟从道家的语言，也不说佛家的话。

仙山和佛国，恐怕终究没有这个所在。

很想要跟随陶渊明，把家搬到酒里去住。

酒醉总有结束的时候，诸般劫数还是不容易逃脱。

平生追逐名利，忙忙碌碌不过一场儿戏。时时处处，我都被人当作工具和玩物一样对待。

所到之处，总是引人注目。所做之事，总是动辄有人褒贬，毁誉不由己。

如今拥有智慧之火，好恶爱憎全部烧去。

从此既了却背负的忧劳，也没有盗寇的惊扰。

孔子也是到晚年才觉醒，天下又有什么值得忧虑
的呢？

9.《答径山琳长老》全诗及白话译文如下：

答径山琳长老

苏轼

与君皆丙子，各已三万日。

一日一千偈，电往那容诘。

大患缘有身，无身则无疾。

平生笑罗什，神咒真浪出。

我与你都是在丙子年出生的人，都有六十多岁，活
在这世界上也快三万天了。

如果每天念一千首偈子，时间的飞驰哪里经得起
诘问。

人最大的忧患是有这具身体。如果有身体，就有大

患在；如果没有身体，也就没有大患。

我平生爱笑话鸠摩罗什。作为修行的高僧，他临死时让僧人念咒语，这不是很可笑吗？

10.《潮州韩文公庙碑》全文及白话译文如下：

潮州韩文公庙碑

苏轼

匹夫而为百世师，一言而为天下法。是皆有以参天地之化，关盛衰之运。其生也有自来，其逝也有所为。故申吕自岳降，傅说为列星，古今所传，不可诬也。孟子曰："吾善养吾浩然之气。是气也，寓于寻常之中，而塞乎天地之间。"卒然遇之，则王、公失其贵，晋、楚失其富，良、平失其智，贲、育失其勇，仪、秦失其辩，是孰使之然哉？其必有不依形而立，不恃力而行，不待生而存，不随死而亡者矣。故在天为星辰，在地为河岳。幽则为鬼神，而明则复为人。此理之常，无足怪者。

自东汉以来，道丧文弊，异端并起。历唐贞观、开元之盛，辅以房、杜、姚、宋而不能救。独韩文公起布衣，谈笑而麾之，天下靡然从公，复归于正，盖三百年于此矣。文起八代之衰，而道济天下之溺，忠犯人主之怒，而勇夺三军之帅。此岂非参天地，关盛衰，浩然而独存者乎？盖尝论天人之辨，以谓人无所不至，惟天不容伪。智可以欺王公，不可以欺豚鱼；力可以得天下，不可以得匹夫匹妇之心。故公之精诚，能开衡山之云，而不能回宪宗之惑；能驯鳄鱼之暴，而不能弭皇甫镈、李逢吉之谤；能信于南海之民，庙食百世，而不能使其身一日安于朝廷之上。盖公之所能者，天也；所不能者，人也。

始，潮人未知学，公命进士赵德为之师。自是潮之士，皆笃于文行。延及齐民，至于今，号称易治。信乎孔子之言："君子学道则爱人，小人学道则易使也。"潮人之事公也，饮食必祭，水旱疾疫，凡有求必祷焉。而庙在刺史公堂之后，民以出入为艰。前守欲请诸朝作新庙，不果。元祐五年，朝散郎王君涤来守是邦，凡所以养士治民者，一以公为师。民既悦服，则出令曰："愿新公庙者听。"民欢趋之。卜地于州城之南七里，期年而庙成。

或曰："公去国万里，而谪于潮，不能一岁而归。

没而有知，其不眷恋于潮，审矣。"轼曰："不然。公之神在天下者，如水之在地中，无所往而不在也。而潮人独信之深，思之至，焄蒿凄怆，若或见之。譬如凿井得泉，而曰水专在是，岂理也哉？"元丰七年，诏封公昌黎伯，故榜曰："昌黎伯韩文公之庙。"潮人请书其事于石。因作诗以遗之，使歌以祀公。其词曰：

公昔骑龙白云乡，手抉云汉分天章。

天孙为织云衣裳，飘然乘风来帝旁。

下与浊世扫秕糠，西游咸池略扶桑。

草木衣被昭回光，追逐李杜参翱翔，汗流籍湜走且僵。

灭没倒景不可忘，作书诋佛讥君王。

要观南海窥衡湘，历舜九嶷吊英皇。

祝融先驱海若藏，约束蛟鳄如驱羊。

钧天无人帝悲伤，讴吟下招遣巫阳。

爔牲鸡卜羞我觞，于粲荔丹与蕉黄。

公不少留我涕滂，翩然被发下大荒。

一个普通人能成为百世的榜样，一句话能成为天下人共同遵守的准则，这是因为他们的品格参与了天地的化育万物，也关系到国家气运的盛衰。他们的降生是有原因的，他们死后也会有所作为。因此，申伯、吕侯出生时，山岳曾降下吉兆；傅说死后，与天上的群星同列。从古到今都这么传颂，不能认为这是谎言。孟子说："我善于培养我的浩然之气。这种气，存在于平常事物中，又充满于天地之间。"突然遇上它，王公贵族会失去他们的尊贵，晋国、楚国会失去它们的富有，张良、陈平会失去他们的智慧，孟贲、夏育会失去他们的英勇，张仪、苏秦会失去他们的辩才，是什么东西使之这样的呢？那一定有一种不依附形体而成立，不凭借外力而行动，不等待出生而存在，不随着死亡就消逝的东西。因此，它在天上就成为星宿，在地下就化为山河。在阴间就成为鬼神，在人世便又成为人。这个道理十分平常，没有什么可大惊小怪的。

自从东汉以来，儒道沦丧，文风凋敝，异端邪说一起出现。经历了唐代贞观、开元的兴盛时期，加上有房玄龄、杜如晦、姚崇、宋璟等名臣的辅佐，这种境况还不能得到挽救。独有韩文公您从平民中崛起，在谈笑之

间，轻松自如地指挥，天下人纷纷追随。道德和文风又回到正路上来，到现在已有三百年的时间了。韩文公您的文章，使八代以来衰败的文风得到振兴；您提倡的儒家思想，把天下人从沉溺于异端邪说中拯救出来；您的忠诚触怒了皇帝；您的勇气折服三军的统帅。这难道不是与天地相并列，关系国家盛衰，浩大而独立存在的正气吗？我曾研讨过天道和人事的区别，认为人什么事都能做得出来，只是天不容许他作伪。人的智慧可以欺骗王公，却不可以欺骗小猪和鱼等普通动物；人的力量可以取得天下，却不可以获得普通老百姓的心。所以韩文公您的一片赤诚，能够驱散衡山的阴云，却不能够挽回宪宗的执迷不悟；能够驯服凶暴的鳄鱼，却不能够制止皇甫镈、李逢吉的诽谤；能够取信于潮州的百姓，世世代代都享受庙堂的祭祀，却不能使自身在朝廷上有一天的安宁。大概，韩文公您能够做到的，是顺天行道；您所不能做到的，是完全战胜人间的邪恶。

当初，潮州人不知道学习和读书，韩文公您就让进士赵德做他们的老师。从此潮州的读书人，都专心于学问的研究和品行的修养，并影响到普通百姓，直到今天，潮州被称为容易治理的地方。孔子的话是对的呀："君子学了道，就会爱护人；百姓学了道，就容易被管理。"潮州人侍奉韩文公您，吃饭的时候必定要祭祀；水灾旱灾、疾病瘟疫，凡是有所祈求，必定向您祷告。然而，您的祠庙在刺史府公堂的后面，百姓出入不方便。前任州官想请求朝廷建造新的祠庙，没有成功。元祐五年，朝散郎王涤来担任这个州的知州，凡是培养读书人、治理百姓的措施，全都以韩文公您为表率。老百姓心悦诚服以后，他便发出文告说："凡是愿意重新修建韩文公祠庙的人，就来听从命令。"老百姓欢欣鼓舞地赶来参与，在潮州城南七里选了一块地，一年后新庙就建成了。

有人说："韩文公远离京城，万里迢迢被贬官到潮州，不到一年便回去了。他死后有知的话，肯定是不会眷恋潮州的，这是很清楚明白的事了。"我说："不是这样，韩文公的神灵存在于天下，好比水在地下，没有什么地方不存在。而且，潮州人唯独对韩文公信仰深厚，思念恳切，每当祭祀时，香烟缭绕，他们露出悲伤凄怆的表情，就像真的见到了韩文公您一样。这就好像挖一

口井得到了泉水，就说泉水只在这里，哪有这种道理！"元丰七年，皇帝下诏书封韩文公为昌黎伯，因此祠庙的匾额上题为"昌黎伯韩文公之庙"。潮州人请我把韩文公的事迹写在石碑上，我于是作一首诗送给他们，让他们歌咏，以祭祀韩文公，歌词是：

　　您从前在仙乡骑龙来往，在银河亲手选取天章云锦。

　　织女用它来为您织成衣裳，您轻快地乘着风来到天帝的身旁。

　　您又下到污浊的人世，扫除异端邪说和无用之物。您西游咸池，经过扶桑。

　　草木都得到您的恩泽，承受着您的光辉普照。您追随李白、杜甫，与他们一起翱翔；张籍、皇甫湜跑得汗流浃背，也追不上您。

　　他们很快消失不见，像水中的倒影不能相望。您上书痛斥佛教，讥讽君王，被赶去南海，一路上观赏衡山和湘水，中途经过了埋葬舜帝的九嶷山，凭吊了娥皇和女英。祝融和海若看到您来了，都吓得到处躲藏。您管束蛟龙和鳄鱼，好像驱赶羊群一样。

天上缺少人才，天帝感到悲伤，派巫阳唱起招魂曲，招您的英魂上天。

　　用牦牛做祭品，以鸡骨来占卜，献上我们的美酒，还有色泽鲜明的、红色的荔枝，以及金黄的香蕉。

　　您不肯稍稍停留，我们热泪滂沱。您头发散乱，动作轻快地飘然而去，像日落大荒。

夫聊發少年狂

明月幾時有 把酒問青天 蒼

山一尺雪 雪盡山蒼然

大江東去　浪淘

月如霧

側成峰

遠近高低各不同

图书在版编目（CIP）数据

人生如逆旅，幸好还有苏轼 / 为你读诗主编；湘人彭二著；符殊绘；朱卫东朗诵. -- 长沙：湖南文艺出版社，2022.1（2023.4重印）

ISBN 978-7-5726-0492-8

Ⅰ.①人… Ⅱ.①为… ②湘… ③符… ④朱… Ⅲ.①散文集－中国－当代 Ⅳ.①I267

中国版本图书馆CIP数据核字（2021）第250226号

上架建议：畅销·文学

RENSHENG RU NILÜ , XINGHAO HAIYOU SU SHI

人生如逆旅，幸好还有苏轼

主　　编：为你读诗
著　　者：湘人彭二
绘　　者：符　殊
朗 诵 者：朱卫东
出 版 人：陈新文
责任编辑：匡杨乐
监　　制：邢越超
特约策划：张　攀　娄　澜
特约编辑：万江寒
营销编辑：文刀刀
封面设计：末末美书
版式设计：潘雪琴
出　　版：湖南文艺出版社
　　　　　（长沙市雨花区东二环一段508号　邮编：410014）
网　　址：www.hnwy.net
印　　刷：北京中科印刷有限公司
经　　销：新华书店
开　　本：875mm×1230mm　1/32
字　　数：117千字
印　　张：8
版　　次：2022年1月第1版
印　　次：2023年4月第4次印刷
书　　号：ISBN 978-7-5726-0492-8
定　　价：59.80元

若有质量问题，请致电质监督电话：010-59096394
团购电话：010-59320018